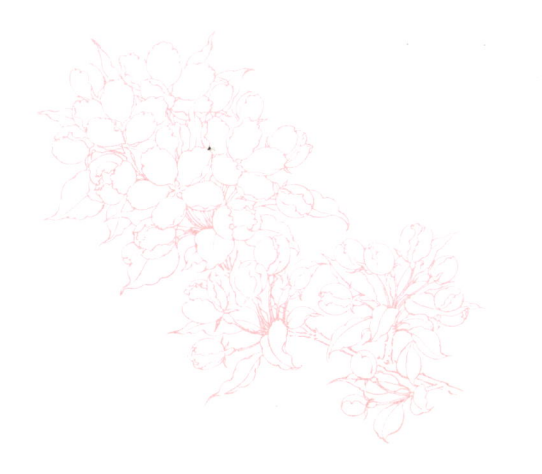

影梅庵忆语
香畹楼忆语
秋灯琐忆

忆语三种

冒襄 陈裴之 蒋坦 著

胡文骏 袁文 校注

人民文学出版社

图书在版编目（CIP）数据

忆语三种 /（清）冒襄，（清）陈裴之，（清）蒋坦著；胡文骏，袁文校注.—北京：人民文学出版社，2013
（明清美文）
ISBN 978-7-02-009588-9

Ⅰ.①忆… Ⅱ.①冒…②陈…③蒋…④胡…⑤袁… Ⅲ.①古典散文—散文集—中国—清代 Ⅳ.①I264.9

中国版本图书馆CIP数据核字（2012）第284848号

责任编辑　徐文凯
装帧设计　马诗音
责任印制　苏文强

出版发行　人民文学出版社
社　　址　北京市朝内大街166号
邮政编码　100705
网　　址　http://www.rw-cn.com

印　　刷　三河市西华印务有限公司
经　　销　全国新华书店等

字　　数　125千字
开　　本　880毫米×1230毫米　1/32
印　　张　6.125　插页19
印　　数　1—6000
版　　次　2017年8月北京第1版
印　　次　2017年8月第1次印刷

书　　号　978-7-02-009588-9
定　　价　29.00元

如有印装质量问题,请与本社图书销售中心调换。电话:010-65233595

出 版 说 明

明清时期，散文创作繁荣，体式多样，名作林立。此次我们推出的《青泥莲花记》《忆语三种》《板桥杂记·续板桥杂记》《浮生六记》几种明清散文，都是以女性为主角：有追忆伉俪情笃，有悼亡爱侣音容，有记叙名妓风采，还有将古今奇女子的事迹汇于一编。在这些或长篇或短札，或明快或深情的文字中，各种女性的形象熠熠生辉，今天读来仍触动人心。

编辑这套丛书时，我们选取优质的版本，加以简洁的注释，卷首还有来自学者、作家的导读与感悟，以期为读者朋友提供比较完善的读本。

此外，我们延请谭凤嬛女士为丛书绘制精美的工笔彩图，请孙熙春先生题写相关诗文，使书中的人物与场景更加生动直观地呈现出来。

人民文学出版社编辑部
2017年3月

目录

谁忆当年翠黛颦　文珍 ... 〇〇一

影梅庵忆语　冒襄 ... 〇〇一

　跋　杨复吉 ... 〇四八

香畹楼忆语　陈裴之 ... 〇四九

　附录　紫姬哀词并序　汪端 ... 一〇二

秋灯琐忆　蒋坦 ... 一〇五

　序　魏滋伯 ... 一〇七

谁忆当年翠黛颦

文珍

忆语三篇，看了整整一月。三篇皆为情语，其实并不难读；抑或是现代生活离这样幽微深细的情感太远，反复读来，不是文章，竟是三段延绵不绝的丝麻牵扯：资料读得愈多，愈觉难下笔；下笔一难，则愈发多读，资料牵扯无尽，来回往复，耗时久矣。

譬如读《秋灯琐忆》，不能不重读一遍《浮生六记》——诚如林语堂所言，秋芙和芸娘花开并蒂，怎忍单表一枝；看《影梅庵忆语》，则一发把钱谦益和柳如是、龚鼎孳和顾横波、侯方域和李香君，乃至于马湘兰、陈圆圆的小传都读了个遍。秦淮八艳，风情各异，柳如是扬眉亮烈，殉夫以终；顾横波封至诰命，位极显赫；李香君哀感顽艳、马湘兰蕙质兰心、陈圆圆则传奇色彩最浓——《影梅庵忆语》里提及冒襄与董小宛相识不久即遇陈圆圆，用了四字考语："欲仙欲死"。一生见名妓无数，所见女子皆愿为之妾，名冠四大公子之首的冒襄会在专悼董小宛的忆语里突然荡开这样一处闲笔，到了暮年犹对友人感慨"蕙心纨质，澹秀天然，生平所觏，则独有圆圆耳"，这样我便约略可以猜得，当年教吴三桂"冲冠一怒"、乃至于加快葬送大明王朝的这个"红颜"，颜究竟是如何红法。再说《香畹楼忆语》。这是这三篇中我最不喜者，全文为忆而忆，雕文凿字,大量夹带陈小云自家得意诗文——纵然如此,却也引得我看了其妻汪端的小传和留世诗文。这或许是我的痴念:我总以为,不知陈圆圆或顾横波,便不可知董小宛,正如不识侯方域和钱谦益,断难从字里行间看到一个真的冒辟疆;不知汪端,光看一篇陈小云风流自赏的《香畹楼忆语》,无可解紫湘嫁入豪门两年而逝的寂寞;而若想真体会秋芙的可爱,不与芸娘的天真烂漫相互比对,"照花前后镜,花面交相映",则怎能"云日相辉映,空水共澄鲜"。他们是彼此际遇转折的镜像,也是彼此时代的注解。

其一 花事成尘尘犹艳:
试解《影梅庵忆语》

"见了他,她变得很低很低,低到尘埃里,但她心里是欢喜的,从尘埃里开出花来。"

这句著名的情话出自民国临水照花人张爱玲之口,却也正可以形容一代名妓董小宛与明末名士冒辟疆的初遇。冒辟疆说她嫁给自己,是"骤出万顷火云,得憩清凉界"。一半是以"救风尘"之举抵消了董小宛对自己的一往深情,一半也是风流自赏,据说其人"所举凡女子见之,有不乐为贵人妇,愿为夫子妾者无数",且冒氏一生的确妻妾成群,但这都是后话了,且看贵公子笔下初见小宛的情状:

> 名与姬颉顽者,有沙九畹、杨漪照。予日游两生间,独咫尺不见姬。将归棹,重往冀一见。姬母秀且贤。劳余曰:"君数来矣,予女幸在舍,薄醉未醒。"然稍停,复他出,从兔径扶姬于曲栏,与余晤。面晕浅春,缬眼流视,香姿玉色,神韵天然,懒慢不交一语。余惊爱之。惜其倦,遂别归。此良晤之始也。时姬年十六。

当时风华正茂的冒公子正忙着青楼薄幸名存,每日穿花蝴蝶一般往来花丛,猎艳对象尚有与小宛齐名的沙姬、杨姬。但所谓"颉顽者",恐怕只是冒氏始终不得见小宛的酸葡萄语。当时小宛艳名正重,等闲难会。从这个"予日游两生间,独咫尺不见姬"里,仿佛可以嗅到一丝酸意:你名气大,恩客多,我偏不去会你。然而好奇心总是有的,终于一日,冒襄兴之偶至,"重往冀一见"——这个"重"字用得微妙,恐怕已是多次访而不遇了——然而皇天不负苦心人,这次终于见着了,今日小宛"薄醉未醒",故"幸在舍"。冒襄第一次见她自然是惊艳,却也不满她的"懒慢不交一语",没待多久便以"惜其倦"为由告辞。己卯之夏初会,庚辰年的夏天重又想到小宛,"留滞影园,欲过访姬。客从吴门来,知姬去西子湖,兼往游黄山白岳,遂不果行。"则已是第二年的事了。显然在冒氏笔下,他们的初遇诚非一见钟情,难抛舍。

然而我常设想小宛那一方第一次见到冒辟疆的情形。当时名妓以与名士相交为荣,在她,也许知冒襄盛名久矣,但阴差阳错,总未见着。好容易见上了,却是自己未饰妆容的醉态。她在欢场,酒量自幼锻炼,应该不会太小,况且又是"薄醉",初次见面却不发一言,也许不是冒襄所谓的"懒慢",竟是惊羞难当。这样或许可以解释她第二次见到他时猛然爆发的炽烈情感:

> 姬忆,泪下曰:"襄君屡过余,虽仅一见,余母恒背称君奇秀,为余惜不共君盘桓。今三年矣,余母新死,见君忆母,言犹在耳。今从何处来?"便强起,揭

帷帐审视余,且移灯留坐榻上。谈有顷,余怜姬病,愿辞去。

第二次相遇,已经是三年后的事了。董小宛解释说为什么对冒襄仍然有印象,是因为自己的母亲一直在背后夸奖他"奇秀",怪她当时醉了没有把他留住。不管此语真假,反正她懊悔了三年是真的,而冒襄所谓"三年积念"的可信度却不高。在这三年里,他已经邂逅了让他"欲仙欲死"的陈圆圆,并且也因为"急严亲患难,负一女子无憾也"的理由对陈始乱而终弃,给了陈圆圆一场从良希望,却又最终任由她被豪强掳去。关于这一切,已经厌倦了歌管楼台且身患重病的董小宛自然无从得知。她只是欢喜莫名,完全不顾女子羞怯地对这个已经思念了三年的才子表白:"我十有八日寝食俱废,沉沉若梦,惊魂不安。今一见君,便觉神怡气王(通'旺')。"

如此夸张强调,竟将方见第二次的冒襄目为一贴良药,救病恩人了。既然有恩,自然有情,"旋命其家具酒食,饮榻前。姬辄进酒,屡别屡留,不使去。"

然而冒襄从来万花丛中过,片叶不粘身,况且陈姬之伤未平复,当然不以董姬为意。他始终还是要走的,无论董小宛如何挽留。那样一个惊为天人的陈圆圆尚不肯娶回家,这样一个病恹恹的董小宛怎留得住其人其心?

于是才子故伎重施,以家人之命坚拒,不过就是为了给父亲告一声平安,却无论小宛如何挽留都不能"停半刻"。不知道董小宛那时是否已经发现了冒襄的刻板自私,诚是名教中人,对于他的严拒,却最终只是委屈地说了一句:"子诚殊异,不敢留。"

他不留,她却可以追。一夜欢好的翌日,她不顾病体,新样靓妆,千里追随。

> 由浒关至梁溪、毗陵、阳羡、澄江,抵北固,越二十七日,凡二十七辞,姬惟坚以身从。

这就是董小宛和陈圆圆最大的不同处。陈圆圆是被动地等,董小宛却可以下狠命追,并且发誓"不复返吴门"——从此不复卖笑生涯,且不管冒襄怎样一日一劝,二十七日二十七劝,她就是不走。哪怕他找出千种借口,考试啦,父亲滞留边疆啦,家事老母无人照料、等他回去料理一切啦,都没有用。最终他甚至以没钱抵赖:"且姬吴门责逋甚众,金陵落籍,亦费商量。"大意就是,你为娼时欠了那么多钱,况且想要脱籍本就花费甚巨,我一介寒士怎赎得起你?

话到这份上了,可这个董小宛还是不走。她大概也自有一种执拗和天真:我这么美,那么多人喜欢我,却巴巴地跟了你来,你怎能负我?被拒绝的次数多了,自信渐渐消磨,跟随他变成一种单纯的执念、将自尊践踏于脚底的痴缠,绝望到深处,甚至求之以卜卦:

姬肃拜于船窗,祝毕,一掷得"全六",时同舟称异。

"全六",也即全上上签,上天说她和他在一起,是注定了的,可这不管什么用;所有人都啧啧称异,劝冒襄成全她一场痴心,同样也没用。她愈逼得紧,他愈退得快,且文人词锋了得:你既说是天命,总归能在一起,仓促间反易误事,不如从长计议。

就这样董小宛才放走了他,别离际痛哭失声。

她的"情不知从何而起,一往而深"感动了很多人,冒襄的友人、仆从,都被这样一个女子的痴心打动,甚至最不应当为她说话的冒妻都愿意成全赞许,这位怕煞麻烦的冒公子方才矜持地决定"不践走使迎姬之约"——本来临别之约只是脱身之计,并不打算履行的。

中间自然还经过无数波折。几乎是任何事干扰,都可以使本来就心意不坚的冒襄打退堂鼓,比如考试。比如父命。比如路途迢迢。也许是骗她,也骗自己,他说考完再去接她。然而考试还没有考完,小宛已经到了——途中历尽盗匪惊吓,差点就来不了——好不容易到了他所在的桃叶寓馆,头两天担心打扰他考试,还忍了两天才去找他。这一见不得了,"声色俱凄,求归逾固",她这时是非常迫切地想要嫁给他了。所有同年报考的文士都一起替她说话,不断地写诗作画鼓励冒襄赶紧娶了小宛,可他却说:我肯定会考上的,不如等考上以后有能力了,再报答你一片恩情吧。

基本上所有的"等我功成名就再……"都是一句空话。真爱她,便肯共同面对未知;除非是没有诚意的托词。这时候父亲的信来了,最好的借口不求自来。"遂不及为姬谋去留,竟从龙潭尾家君舟抵銮江。家君阅余文,谓余必第。"何必与她商量再去找父亲?一走了之便是。父亲也说了,这次一定会考中的——至于考中之后到底娶不娶董氏,那就天知地知冒襄知了。

然而他想不到的是:"姬从桃叶寓馆仍发舟追余,燕子矶阻风，几复罹不测，重盘桓銮江舟中。七日，乃榜发。余中副车。穷日夜力归里门，而姬痛哭相随，不肯返。且细悉姬吴门诸事，非一手足力所能了。"

这一段狗血剧本翻译成今文就是：没想到那个一根筋的姑娘又从我不辞而别的寓馆追过来，中间好几次都差点翻了船。这时候榜单也发了，我没高中，只得劝她赶紧回去。可是她哭得不行，死活不走。真是没办法了：你欠那么多钱，我现在又能怎么办呢？

话第二次说得这么明白了，董小宛却一意孤行。一定要把她送回苏州，她就开始自残——古往今来，原来绝望的情人手段变化并不大：夏去冬来，如果你不来接我，我就不穿厚衣服，活活冻死。几乎冒辟疆所有的相识都知道了这桩张扬的薄幸事件，这也是董小宛比陈圆圆辣手的地方：她生生把两人私情，变成了一桩风月公案。最终结果是钱谦益出大头，刘、张、周、李各路朋友都出钱出力替小宛赎身落籍，活逼得冒辟疆立娶了董小宛，了了这一件千里追夫的奇缘。正如冒辟疆所言："越十月，愿始毕，然往返葛藤，则万斛心血所灌注而成也。"只是这万斛心血，有小宛的，也有朋友的，独独没有他的。

成王败寇，当初的陈圆圆早已不知所终。而董小宛仿佛珠胎暗结,历经十月心愿始成。而她的不依不饶,当初大概令冒公子头疼之极,多年之后却成了他沾沾自喜的凭据。

如果是童话,那么"从此王子和公主幸福快乐地生活在一起",故事完了也就完了。可是这只是真实故事的开始。

开端已是如此不易:十个月时间,足以磨去一个名妓所有的自信和锋芒。十九岁的董小宛早就知道了:是凰求凤,不是凤求凰。这一曲凰求凤,谱得艰难,弹得更累,恐怕要费十二万分心力,才能够不断弦而有个好收梢。她此时固然仍是美的,和冒辟疆并立江上船头,"山中游人数千,尾余两人,指为神仙。绕山而行,凡我两人所止则龙舟争赴,回环数匝不去。……江山人物之盛,照映一时,至今谈者侈美。"

从冒氏这段近乎自恋的话中,可以看出确是明珠美玉,一对璧人。而小宛拜别以前的欢场姐妹顾横波、李十娘时,也确乎是凤愿得偿,吐气扬眉:

> 姬轰饮巨叵罗,觞政明肃,一时在座诸妓皆颓唐溃逸。姬最温谨,是日豪情逸致,则余仅见。

那也是董小宛最后一次肆情肆意,放量豪饮,从此洗净铅华,甘为妾侍。

  服劳承旨,较婢妇有加无已。烹茗剥果,必手进;开眉解意,爬背喻痒。当大寒暑,折胶铄金时,必拱立座隅,强之坐饮食,旋坐旋饮食,旋起执役,拱立如初。余每课两儿文,不称意,加夏楚,姬必督之改削成章,庄书以进,至夜不懈。越九年,与荆人无一言枘凿。至于视众御下,慈让不遑,咸感其惠。

有人说董小宛是林黛玉原型,也爱娇,也要俏,也使小性儿,还善饮;此处却端然成了一个规行矩步不敢一步踏错的薛宝钗。而且这个宝钗还是妾,不是妻,故一生低眉婉顺,小心收敛。

《影梅庵忆语》到此当然还没有写完,可读至此却觉不好看了。是的,照才子冒襄的说话,他们最好的时光才刚开始。从良后的小宛一心要报救风尘之恩,把平常的家居生活打理得如诗如画,知书,懂茶,识香,能红袖添香夜读书,又是古代十大名厨之一,能制多种香露,腌各种咸菜,把火肉烧得有松柏味、风鱼制得有麂鹿味,醉蛤如桃花,虾松如龙须,发明的"董肉""董糖"流传至今;她还天生丽质,才华出众,琴棋书画精通,因出身绣庄,又善歌舞,有"针神曲圣"之称,"才色为一时之冠"。冒辟疆说她画画"能做小丛寒树,笔墨楚楚,时于几砚上辄自图写,故于古今绘事,别有殊好"。书法则"仿钟繇笔意者,酷爱临摹,嗣遍觅钟太傅诸帖学之。阅《戎辂表》称关帝君为贼将,遂废钟学《曹娥碑》","阅诗无所不解,而又出慧解以解之。尤好熟读楚辞、少陵、义山、王建、花蕊夫人、王珪三家宫词。等身之书,周回座右,午夜衾枕间,犹拥数十家唐诗而卧……"然而这一切太完美了,也便不太真实。清兵南下,举家逃难,丈夫好几次要遗弃她,她竟然可以做到不怨;兵乱中侍奉冒辟疆,冒"病失常性,时发暴怒",她还能"色不少忤,越五月如一日";终于累得"星靥如蜡,弱骨如柴",临终前却只担心自己死了,丈夫会难过生病,而自己却又不能亲自照料。自惭自抑乃至于消亡至此,令人不禁感慨:在大才子冒襄的笔下,这位色艺冠绝一时的名妓,终于渐渐从一个富有才情的美丽女子,变成一个男性文人称颂一时的古今第一贤妾,给后世无数痴情女子做了一个糟糕至极的"完美楷模"。她本是这人攀了那人折的柳条,却在他笔下幻化成一只禁锢在鸟笼里终日啁啾的金丝雀,不需被爱,只需去爱——这样的爱情模式放在今天,是受虐狂与虐待狂的关系。放在从古至今的谱系里,则是男性意淫的集大成者。她是娼妓中的圣母,也是男性幻想的终极:既美,且慧,又无自我,只有对他们权威不假思索的信仰和海洋深的痴情。

说实话我不信董小宛真是如此。冒襄笔下的她是偶像,不是真女人,他以当时有限的名教中人见识,不懂得她之所以待他如此,不光因为他是明末四大公子,是复社领袖,惊世骇俗,声名远扬……也不光是才貌出众,"姿仪天出,神清彻肤"……都是,都不是。说到底,不过一个痴情的女子,爱上了一个骄傲的男人,从此情根深种,九死其犹未悔。

董小宛一生寂寞。可比她更寂寞的爱中女子,也许还尽有得是。至少她是死在自己爱的人身边,在她身后,他还记得她喜欢喝界茶,喜欢女儿香,喜欢晚菊"剪桃红",虽自矜高才,却也甘愿亲自为她校注《奁艳》——"其书之魂异精秘,凡古人女子,自顶至踵,以及服食器具、亭台歌舞、针神才藻,下及禽鱼鸟兽,即草木之无情者,稍涉有情,皆归香丽。今细字红笺,类分条析,俱在奁中"——然而这本闺阁奇书终是散佚了,正如它多情早逝的作者;在这个著名的爱情故事里,男子矜持自恋,女子又爱得过于压抑卑微;但大概就在于它美而千疮百孔,经不起后人多少推敲,背景又是那样一个动荡不安的时代,因此分外教人摧伤。

其二　哀荣难慰芳魂断
——读罢《香畹楼忆语》

所谓《香畹楼忆语》也者,沿袭《影梅庵忆语》旧例,并是诸多"忆语体"仿作之中的佼佼者,这大体是公认无疑的了。然而细较两者,区别仍是甚大。

第一也是最显然者,陈裴之写作《香畹楼忆语》时与《影梅庵忆语》的成文年代已相隔逾百年,整个社会男尊女卑的人文风气有所进步,而陈性情的缠绵悱恻,与冒辟疆的刚强冷酷也有本质区别。因此冒襄怀念董小宛,情到深处情转薄,通篇哀而不伤,乐而不淫,虽然风流,不以风流教主自诩,对董小宛一直有居高临下的姿态;而陈裴之悼王紫湘,则唯恐不够哀感顽艳,通篇皆笼罩在人为制造的伤情别绪中。

再说写作风格。陈裴之的一往深情或胜于冒辟疆,但论及文章本身,《影梅庵忆语》显然更胜一筹,以抒发性灵为主,为文行云流水,当行者行,当止者止,并无过度渲染之嫌;而《香畹楼忆语》则更刻意为文,征引诗词无数,文体杂糅到了不胜其烦的地步。说得刻薄些,似正应了《红楼梦》里"满纸潘安、子建、西子、文君,不过作者要写出自己的那两首情诗艳赋来",叙事的意味大大弱于抒情的冲动,而抒情之外偶然透露的女主角真实处境,却是伤心惨目,令人不忍卒读。如紫姬一心想要趁丈夫留京的机会给生母扫墓,既沦为烟花,自感伤身世,将扫墓一事看得无比之重,甚至有"堂上命妾侍行,得副夙怀,虽死无憾"的恳求,却被陈裴之一句"不祥"敷衍带过,后又因公公逝世、举家南迁终于扫墓不得。这未尝不是父慈子孝妻贤表面下的伤心别调,如此卑微的愿望,于她却终是奢望,而不久病后,更再不做随夫侍行之望——这一层后面还要另文详说。

又如紫姬回家休养时,与丈夫陈裴之、大妇汪端诗笺往来的诗作。裴之引友人语自夸"此二百二十四字,是君家三人泪珠凝结而成者。始知《别赋》《恨赋》，未是伤心透骨之作"，而紫姬当时尚未不治，如此为赋新词强说愁，陈裴之此刻却又丝毫不觉"不祥"，对比先前，岂非讽刺。

中间又突然插入作者旧撰《秦淮画舫录·序》来，夸口"余取次花丛，屡为摩登所摄"——所谓摩登，也即是其他烟花美人，又借旁人之口赞己"兄生平佳遇虽多，然皆申礼防以自持，不肯稍涉苟且轻薄之行。今得紫君，天之报兄者以至矣"以自圆其说，而何以做这一篇序，却是刻意要为紫姬争得秦淮艳名之首。他的最高理想竟是"安得金屋千万间，大庇天下美人皆欢颜"，其趣味也自庸俗无聊。而风流自赏怡然自得的程度，似较当年的冒辟疆更甚。

综上种种，大概是我不喜欢《香畹楼忆语》的主要原因。再深究之，或许女主人公的可爱程度，也影响了我的判断。

紫姬俨然就是百年之后又一个董小宛，这一点在陈裴之好友蕙绸为他的《梦玉词》序中亦点明："闻紫姬初归君时，秦淮诸女郎，皆激扬叹羡，以姬得所归，为之喜极泪下，如董青莲故事。"诚如上文所忧，小宛果然成了立志从良的妓女楷模，而紫姬则是崇拜偶像的粉丝，一言一行亦步亦趋。她们确皆如花似玉，富有才名；但最大的区别，却在于挑选爱人的眼光。董姬爱慕的冒辟疆，除了两人感情的不平等外，诚然还是翩翩浊世佳公子，慷慨好义，全节以终；而百年后清朝时局已安，陈裴之的格局则要小得多了，充其量只是个还算清廉的好官。他以文名自赏，却终不免流入酸腐一格；面对这样才不甚高的爱人，紫湘待他仍如董小宛待冒襄一般恭谨，甚至有过之无不及，曲意承欢，终于得到了全家认同，甚至大妇欢心——而陈的正室汪端，大概是这个故事里面最富意味却隐而不现的部分了。

汪端也者，字允庄，号小韫，钱塘（今浙江杭州）人，幼即能诗，熟于史事典故，喜高启、吴伟业诗。选明诗二集，有《自然好学斋诗钞》。就是这样一个才高八斗的清代著名女诗人，正是湖北候补同知陈裴之，也即香畹楼主人陈小云的妻子、紫湘侍奉的大妇。紫湘死后，汪端亦曾为她"有哀词"。篇中录入她的事迹有一处很有意思：陈裴之纵横花丛，常被妓者纠缠爱慕，特意写了一篇词谢绝之，里面有"只怕惹、情多恨多。叶叶花花，鹣鹣鲽鲽，此愿难么"等语，汪端看后便批注道：又风流又道学，不沾惹也不拒绝，真是纵横花丛的无上妙法。这个"道学"用得精准，好比现在说男人的"三不"法则：不主动，不拒绝，不负责。而紫姬听了，却不禁触动身世，为众妓者告白道：流落风尘已足伤心可怜，如果夫君能够一一慰藉，也是好的呀。——她倒没想到如果裴之再行纳妾会对自己造成的影响。比之汪端的明褒实贬，紫姬是真天真，真单纯，真无心机。

妻妾双艳，无明枪有暗箭，的是醋海翻波。而我们自恋的男主人公陈裴之却兀自只没心没肺地感叹道：我巴不得有千万间金屋，可以把天下的美人都庇护起来呢。

如果换作今日，怕不左右各吃一大耳刮子。可紫姬是什么反应呢？"亦为之靦然"，微笑不语。陈裴之没再虚构一个汪端也随之"靦然"的场景，否则真太厚颜无耻了些。除了以董小宛这等天下第一贤妾为榜样的紫姬，还有谁会为自己丈夫如此不堪而但笑不语呢？大胆臆测，汪端才识皆高，这样恬然不自知的丈夫，恐怕不甚入她的法眼。因此有一妾代行妇道也是好的——只是别要多，纵然泼如夏金桂也怕恶宝蟾啊，对付一个傻香菱，最多了——如此私自揣测著名才女，恐怕流于刻薄。但人之常情，其实古今皆同。

然而紫湘毕竟是家中的弱势，渴寻一个终身的依傍。想要她完全无私情妒意，是梦想也是苛求。彼时她或许年轻得宠，知道丈夫只是玩笑，尚未闻到威胁临近的气息。而一年之后——不过区区一年——再听到类似的话，反应便自不同。

在照料陈裴之一场大病之后，紫姬也得了咯血症，却"讳疾不言，渐至沉笃"。在此又不免要腹诽，他是男子粗心看不出来，家中婆婆、大妇汪端一门闺秀，心细如尘，怎么也看不出来？待陈裴之出门在外数日后一风雪夜归来，紫姬已是"骨瘦香桃，恹恹床蓐矣"，本就望君眼欲穿，却又得一噩耗：裴之被同僚议论，不可留在故里，将要远行为官。非但商人重利轻别离，一朝为官，也是终身难得自由，想病中紫姬心念俱碎，却只硬撑着说："君此后江湖载酒，宜豫留心一契合之人。"她才和他在一起多久，却已经不再是他的契合人！裴之自然要拒，她却也有一番道理：你父母都不远行，夫人又多病不能随同，我怎么能够独自跟随服侍你呢？我还要照料家人，替你分忧呢。但你也不能够没人照顾起居寒暖，"必得一解事者悉心护君，虽千山万水，吾心慰矣。"

这样的温存懂事识大体，或许只是试探：害怕众人嚼舌，我自不会死乞白赖跟着你，可你愿不愿带我走？带不带?

也许只有这样,才能解释她的"屡屡为余言之"。只有上心之事,才会念兹在兹,而这样一番说不出口的深情,却被陈裴之这样一个自诩多情之人轻轻错过了,事后才明白恐是促病之因,"黄花续命之言,即为紫玉成烟之谶哉!"

加之朋友不久替裴之算了一卦,说有破镜之忧,又说"小星替月可解也"。如果破镜是说裴之和汪端,那么小星只有紫姬,也就是说要替汪端去死;如果破镜是说裴之和紫姬,那么还需另娶一妾替她受难。于情难免嫉妒,于理则太残忍,这就好比面前只有两条路,而哪条都无法通往紫姬想要的结果。当然她也没有多少选择的权利;汪端和裴之自然会替她做主。汪端的意思是再娶一妾,裴之不忍;最后商量来商量去的结果,是替她申请了归宁——免得在这里麻烦大家心里不安,病不会好——可在所爱者家中病尚且照顾不好,回娘家就能病好吗?

汪端和裴之都是极会说话的人,两人三言两语,已经定了紫姬的出路。在这个事关生死的十字路口,我们看不到紫姬本人的态度,只能看到她被送回家后的哀切言语:"闺福难消悲薄命,慈恩未报动深愁",是回汪端的问候"勤调药裹删离恨,好寄平安水阁头"的。问候自是殷勤致意,答语却是暗露不祥。果然事不谐矣:紫姬回去之后,虽和裴之、汪端相酬有"别赋""恨赋"之雅,病情却日渐沉疴,而裴之两边往返,终于因为探母没能见上紫姬最后一面。

　　陈裴之此后录了许多挽联,同僚的、友人的、母亲的、妻子的……哀荣备至,紫姬仿佛凭此可以含笑于九泉。但字里行间,我们看到她两年来的为妾生涯,却尽是委屈求全聚少离多。她如果光是美,不贤且惠,恐怕很难在这样一个大家庭生存;而最终赢得了众人交口称赞,却终因疲累隐忍送了性命。林黛玉《葬花吟》道:"一年三百六十日,风刀霜剑严相逼。"我私心妄念,也许紫姬在这样一个看似和谐的环境里……也并不快乐。她更不快乐的,是她所心爱的人一直眼睁睁地看着她克己复礼含辛茹苦,如一个美丽的影子,终于越来越细小乃至于消亡,衰微而至于无形,最终香消玉殒……最讽刺的,是他自以为她很幸福;而那些写挽联的人也都相信。

　　也许惟有汪端深知紫湘的处境,因她也是女人。但她最终选择不说。凉薄耶?妒妇耶?蛇蝎心肠耶?都不是。而陈裴之薄幸乎?虚伪乎?沽名钓誉乎?好像这样指责,对他也不太公平。我们每个人都无法超脱于自己所在的时代而生存,就如一个人无法空手将自己从地面提升;好在所有恨海难填事,皆成过往云烟;此时重看《香畹楼忆语》,不过一场旧梦。

其三　细意点滴到天明:
　　掩卷《秋灯琐忆》

忆语三篇,我独爱此篇。林语堂说《浮生六记》里的芸娘和这一篇里的秋芙,是古代中国最可爱的两个女子,照我看来,的确各有千秋。芸娘天真娇痴,尽情恣意,一生为憨直所误;而秋芙慧黠聪敏,蕙质兰心,却是古代少有完美的女子。看《秋灯琐忆》,虽然作者蒋坦并非高士,主人公秋芙也非名妓,其中的风流缱绻、古雅蕴藉,不输《影梅庵忆语》里的冒襄和董小宛;而鹣鲽情深、夫妻同心,更压倒《香畹楼忆语》表面的一团和气。

如果说陈裴之无法超越他所在的环境,那么老秀才蒋坦却真正是贾宝玉式的人物,他说秋芙辩才远胜自己十倍,让人看了好不眼熟,俨然大有"女儿是水做的骨肉,见了男人便觉浊臭逼人"之态。他对秋芙的欣赏爱慕,也颇有贾宝玉在林黛玉、薛宝钗才学面前自惭形秽的神情。在那样一个男尊女卑的时代,能有如此见识,殊为难得。仅此一点,即使他终身未曾出仕,出身也非贵胄,才学较之冒襄、裴之等人来说也不过平平,但对于秋芙而言,她生平之福,却远胜小宛、紫湘。所谓相濡以沫、情深意笃、夫唱妇随、鸳鸯于飞……一切美好的夫妻考语,在他们身上都用得上;而志趣清逸,超尘脱俗,更是与众不同。

《秋灯琐忆》不是从初遇开始写的。新婚之日,"欢笑弥畅",两人坐在床边聊儿时一起嬉戏的往事,从小青梅竹马,第一次见面是什么时候,大概早已记不清了。——这一点也和《浮生六记》里的沈复和芸娘经历相似。从小认识,知根知底,大概容易有比较深刻的感情。

多年以后的蒋坦清楚记得,那天秋芙梳的是堕马髻,穿的是红纱衣,当年情态,历历在目。两个人联句作诗,房间里充满素馨花的香气,而蚊帐内外的蚊虫嘤嘤,仿佛都还在耳边;那一天他一定是非常快乐的,从这样平淡的语句里都能够感知他恬静的、漫溢的喜悦。不需要天雷勾动地火,不需要三生石上注定,更不需才子佳人万众瞩目,他和她都是寻常男女,求只求细水长流的福分。

因是"琐忆",作者也便不管结构章法,随意为文。写文时大概适值秋芙归宁,回娘家看望父母了。一别三十五天,思念不已,于是方得此文缘起。三十五日,日日掐指,最平淡不过的数目字,却泄露了一段鹣鲽深情,他想她在家姐妹众多,"兴亦不浅,亦忆夜深有人尚徘徊风露下否?"

如此星辰非昨夜,为谁风露立中宵。其实并不是生离死别,只是一个月左右的小别而已;古代多见闺怨诗,如此"夫怨",却是弥足珍贵,罕如珠宝的。

因妻远行,家中岑寂,他又想起一桩小事来。她的琴技是他教的,不但教习,发现她病后疏于指法,还着急地督促她复习。有一天她弹啊弹,突然弹断了第五根弦,大概因为五的数字主火,很快听丫鬟报说不小心烧着了帷幔。这样细小琐碎的事体,本来不值一提;因为和她有关,仿佛也特别地富有情味起来。

他还记得秋芙会做一种很美的绿诗笺,是用戎葵叶和云母粉一起拖染成的。她还为他抄过《西湖百咏》,虽然不工于书法,可字迹仍然十分秀媚可爱——可惜被朋友拿走了。

又有一个酷热的夏夜,秋芙约他一起去理安寺游玩,遇到好一场大雨。雨后竹林清风飒飒,山峰如蹙,又在寺庙里遇到了一位有趣的查僧人留他们吃饭。那天秋芙兴致仿佛特别好,题了诗,还弹了琴。用毕斋饭之后,他们又在月色中踏上苏堤的归路。回家后才发现家里因漏雨已成了泽国,让丫头用烘笼烘干衣物睡下,差不多已经五更时候了——好不曲折的一天,可是多么有意思!

秋芙还会画牡丹。只是因为柴米事烦,一日日弃置了——蒋坦的回忆声口里仿佛有某种遗憾的气息,可是他性情不耽溺伤感,立即又想起一桩有趣的事情来弥补。有一年春天秋芙兴之所至,拾桃花花瓣砌成字样,却被狂风吹散,他赶紧开解说:真是风狂春不管啊。这样她就立刻被逗笑了。

——仍然是小事。他们平淡如水的夫妻生活里,充满的尽都是这样看似不值一提的细小片段,诚如秋芙所引:"一月欢娱,得四五六日。"人生不如意事十之八九,而他们都是聪敏惜福的人。离别的这些天里,蒋坦想起来的,全都是这些和秋芙共度的快乐小事。他生平一定是一个乐观澹泊的人,而秋芙也一定是个豁达快乐的女子。偶尔有一个人感伤起来,另一个人也能多方譬喻以释其怀——恰如一对臂膀,相互依存。

比如秋芙偶作感慨,蒋坦便温言开解。而她体弱多病,他自感同身受:

> 秋芙病肺十年,深秋咳嗽,必高枕始得熟睡。今年体力较强……然入秋犹未数日,未知八九月间更复何如耳。

短短几句,关怀之意纤毫毕现。如果蒋坦不是白描的绝顶高手,则必是一个老实志诚的怜妻君子。后者可能性显然更大。爱怜不尽,他甚至还会给妻子画满是梅花的衣裳,"香雪满身,望之如绿萼仙人,翩然尘世"。这样一个夫君,既懂得欣赏美,又懂得创造美,而且更感人的,是他的目光由始至终眷恋诚挚地停留在妻子一人身上,结发多年仍绸缪如新婚燕尔。如此深情,古今中外都属难得;而在以功名为重的古代中国,如此甘愿沉浸温柔乡里,恐怕更需有冒天下之大不韪的勇气。大概也因为细意软款至此,所以妻子才在他无钱招待朋友时,甘愿"脱玉钏换酒"。

谁说贫贱夫妻百事哀?这样的贫寒,仍然充满了可咀嚼的清欢雅乐。两人一同谈禅、访寺、作诗、郊游，不费几钱，却得生之至味。——如此夫妻，大抵已超越了简单的男女之爱，也不是寻常的举案齐眉，却是相爱敬相陪伴的朋友，更是人生得一足已的知己。

细数来他们是中表之亲，这人物关系颇类《红楼梦》，大概是古老的礼教中国家庭关系中难得的男女情感防线薄弱处，然而他们却没有重蹈宝黛的悲剧，大概是因为不过寻常人家耳。大人见他们从小青梅竹马，"俨然佳儿佳妇"，遂有婚姻之意。少年订婚之后方始隔绝，但因为从小留下的印象实在美好，而之后偶尔见面每次又都是惊鸿一瞥，每次印象都很深刻。作者并未细数相思，只是深深记得每次相遇的时间地点。到了最终迎亲，才发现心上人面颊上的酒窝，已经没有以前丰满；这时候，他们不常常见面已经十五年了。到他写作本文的时刻，他们结婚已经十年，让人不由得感慨"忽忽前尘，如梦如醉"，更妙的是他生怕妻子不知道自己的深情厚意，还要故作诘问："质之秋芙，亦忆一二否？"闺房之乐，跃然纸上。

他们时常会辩论聊天。比如讨论元稹的诗歌，他们都觉得《悼亡诗》比他其他诗词要好得多；又比如读《述异记》，秋芙会批评失珠之龙郁闷而死太懦弱，应该奋起夺回宝珠。寥寥数语,她性情中的刚正耿直显露无疑,一个有见识、有才情的女子形象呼之欲出;与之相反,蒋坦的性格也许还要更缠绵柔弱一点,所以一直佩服妻子有见识才情,认定是谈话好对手。枕上不寐,论古今人物,谈到隋朝的韩擒虎,蒋钦羡他生为将军,死为阎王,实在厉害;秋芙却一笑嗤之:那他杀的那些女子死后却往何处诉苦去?思路另辟蹊径,且不惮表达,一方面是她自负才情,另一方面也可看出这对夫妇的地位平等相当。

更有妙趣的是芭蕉故事。一个秋天,蒋坦听见秋雨滴沥,提笔在芭蕉上写:是谁多事种芭蕉,早也潇潇,晚也潇潇?第二天就见叶上有续写的笔墨:是君心绪太无聊,种了芭蕉,又怨芭蕉。工整端丽,又有意趣,让人看了不禁拍案:好个潇洒女子!这次第,却有蕉下客贾探春的豪气,与时已成书流布的《红楼梦》比照对读,始信清末真有这样疏朗可爱的女子也。

正如那句著名的西谚:幸福的家庭总是相似,不幸的家庭则各各不同。与冒襄和董小宛、陈小云和紫湘一样,这幸福的一对在一块经常互赠诗词。形式雷同,内容则大相径庭,这一对夫妻,竟是妻子不拘小节的时候多,而丈夫却显然更婉约深细,甚而有"可怜玉臂岂禁寒,连波只悔从前错"之句。他待她那样上心，却总是担心对她不够好；这样的丈夫，便放到如今恐怕也是模范；因此非但秋芙是古往今来第一可爱女子，蒋先生也当为体贴丈夫之冠。他偶尔和她的闺阁姐妹下棋掷骰，情思亦不涉猥亵，而秋芙还能在一旁说笑注解，亦隐有宝玉往来闺阁队伍中的诚挚洁净。

这样相互信任、健康长久的夫妻关系，真如神仙眷侣一般，才真真是羡杀旁人，对比此前冒襄带小宛回乡，被游人目为神仙，所谓的"江山人物之盛"，谈者多以为侈美，其实何如此处的夫妻之情真实、深刻，并且久长。

更感人的则在结尾。那时的他们结婚十年以上，都已经年近中年了，两人身体都不大好，时常互相照顾劳累。蒋坦名利心淡，一直也没有考中举人，一次将至考场却发起病来，被仆从抬回。至此他已不以科举为念，"惟念亲亡未葬，弟长未婚"，但一家人住在杭州乡下，负郭数顷田，也"足可耕食"。这样与世无争的时光里，有一天他突然平静地对秋芙说："数年而后，当与秋芙结庐华坞河渚间，夕梵晨钟，忏除慧业。花开之日，当并见弥陀，听无生之法。即或再堕人天，亦愿世世永为夫妇。明日为如来涅槃日，当持此誓，证明佛前。"

这真是我听过最美丽的誓言之一。他的意思是说，学了这么多年佛了，人世苦多，当然日后不希望重回六道。可是如果是和你做夫妻，让我再重头来过也愿意，生生世世也不厌倦。若是一个活在兴头上的人，又或者是两情相洽正在情浓处，有这样的海誓山盟一点也不奇怪。可是他和她已经在一起这么多年了，依旧立此重誓，偏又用最平淡的语气，仿佛是说一件最理所当然的事。天下善男子，善女人，对彼此的爱念不能够比这个更深厚了。而当今世间平凡女子如我辈，也当真要无可避免地羡妒起来，并不禁要问秋芙：如此之福，你知之一二否？

一问一答之间，我仿佛看到数百年前那个巧笑倩兮的女子秋芙，穿着蒋坦手绘的绿梅画衣，"翠袖凭栏，鬓边蝴蝶，犹栩栩然不知东风之既去也"。因这个故事过于真实而且美好了，这一刻，凝神专注的蝴蝶是我们——入了戏的读书人。

　　结　　语

可叹所有传奇故事都是要结尾的。冒襄以《影梅庵忆语》传世，开一代忆语之先河，并自诩"鸿文丽藻，余得藉手报姬，姬死无恨，余生无恨"，终于不曾辜负一段深情，可小宛死后他又接连娶妾五房，身边未曾或缺芳菲。他的怀念大概是真的，却也毕生从未停止过对自己的欣赏爱怜。网络上流传甚广的冒氏八十一岁悼董诗"冰丝新飏藕罗裳，一曲开筵又举觞。曾唱阳关洒离泪，并州寂寞当还乡"，实际上却是怀念后辈陈维崧之作。也许后世追慕风流的读者太希望才子临终一刻仍然有悔，"惟将终夜常开眼，报答平生未展眉"。可这美好希望与穿凿附会，于早已长眠地下数百载的小宛，又有何益？逝者已矣，活着的却仍然必须设法活下去，并尽量遗忘。这就是传奇故事背后庸常凋敝的真相。

　　《香畹楼忆语》的作者陈小云也许就要简单得多，也更容易快乐一点。他很高兴母亲太夫人都肯为紫姬写悼亡词，又听了朋友夸大其辞的赞美："国朝以来，姬侍中一人而已"，故"紫君得此，可以无死"；然而逝者当然不会复生，作者只能进一步强调母亲悼词的价值："余撰忆语千言万语，不如太夫人此作实足俾汝不朽。"——这句空谈大话一出，我却仿佛听见了一个轻轻的声音：可是我并不要不朽啊。——不知紫姬至死有没有明白，她要的是爱与温情,是慈悲与懂得,而并不是虚名华藻,死后扬名。而陈裴之和他的家人恐怕都是听不到这声音的,这声音太轻微了,轻微到让人习惯听而不闻。被自己的文字感动,陈的情绪已然高昂起来,在做了一系列比兴排比之后,他庄严宣布:"呜呼紫姬!魂其慰而,而今而后,余其无作也可!"意思是:这样悼亡你也差不多了吧!我以后再也不必为你写什么了——这话,我们都相信他做得到。而读者们也的确看够了。

最末合上《秋灯琐忆》,却有大梦浮生之感。后人很轻易地就可查知两人结局:秋芙三十多岁即病死,而数年后,太平军攻占江浙之时,杭州戒严,四十多岁的蒋坦逃难至慈溪投靠友人,后又回到故乡,在战乱之中饿死。此书成于一切变故尚未发生之前,而知道结局再回头看两人当初恩爱,怎不令人感慨自古好物不坚牢,彩云易散琉璃脆?惆怅之外却又有慰藉,因为看到变乱中的古老中国,原来真的存在过这样一对可爱的夫妇。他们的幸福不单只验证了恩爱夫妻不到头、将最美的事物毁灭给你看的悲剧,却也同时是动荡岁月一枚小小的、精致的奇迹。从这个微缩的奇迹里,我们看到了真正风雅的中国日常生活,以及最难能可贵相濡以沫的夫妇之道。

古往今来，爱也有三六九等。如果用王国维"三境界"论转而譬情喻爱：最初"昨夜西风凋碧树"，先知而立志，小宛当初苦追冒襄，其情差可比拟；而紫姬嫁后鞠躬尽瘁，死而后已，恰是第二流的"为伊消得人憔悴"；常人可望而不可及的神仙境地，则当属秋芙的"蓦然回首，那人却在，灯火阑珊处"，不必殚精竭虑，也无须谨小慎微，互爱敬，相怜惜，通篇不着一爱字却尽得风流，方是真正平等、长久、知己知彼的世间情意。冒襄高才大士，不知他最终有没有了悟真爱与仰慕、同情、责任和名教等等之间的区别；可我几乎能肯定陈裴之恐怕是没有这个悟性的。而蒋坦和他的妻子一样，是如此质朴可爱——乃至于整个地超越世俗评估体系之外。

影梅庵忆语

冒襄

※ 注释 ※

[1] 冒襄(1611—1693):明末清初文学家。字辟疆,号巢民,又号朴巢,如皋(今属江苏)人。明末朝臣冒起宗之子。崇祯壬午副榜贡生,授台州推官,不赴。明亡后隐居不仕,屡次拒绝清官吏的举荐。其家有水绘园,四方名士毕集。与桐城方以智、宜兴陈贞慧、商丘侯方域,并称"四公子"。冒襄擅诗文,一生著述颇丰,传世有《先世前征录》《六十年师友诗文同人集》《朴巢诗文集》《水绘园诗文集》等。本文《影梅庵忆语》记叙了他和董小宛的爱情生活,开忆语体文学先河。

一

爱生于昵,昵则无所不饰[1];缘饰着爱[2],天下鲜有真可爱者矣。矧内屋深屏,贮光阒彩[3],止凭雕心镂质之文人描摹想象,麻姑幻谱,神女浪传[4]。近好事家复假篆声诗[5],侈谈奇合[6],遂使西施、夷光、文君、洪度,人人阁中有之,此亦闺秀之奇冤,而啖名之恶习已[7]。

亡妾董氏,原名白,字小宛,复字青莲。籍秦淮,徙吴门,在风尘虽有艳名,非其本色。倾盖矢从余[8],入吾门,

※ 注释 ※

[1] 饰:美化修饰。

[2] 着:使之明显。"缘饰着爱"指以美化修饰使之显得可爱。

[3] 矧(shěn):况且,而况。阒(qù):寂静无声。这两句指女子居于深闺,风采音容并不显露。

[4] "麻姑"两句:指传说中仙女的故事被文人虚幻随意地传播。

[5] 声诗:诗词歌乐。

[6] 奇合:离奇的相遇相合。

[7] 啖(dàn)名:"啖"本意为吃或给别人吃,这里指文人追求名声。

[8] 倾盖:原指古人相遇时,所乘车上的伞盖靠在一起,这里指初次相遇便视为知交。矢:发誓。

智慧才识,种种始露。凡九年,上下内外大小,无忤无间❶。其佐余著书肥遁❷,佐余妇精女红,亲操井臼,以及蒙难遘疾❸,莫不履险如夷,茹苦若饴,合为一人。今忽死,余不知姬死而余死也! 但见余妇茕茕粥粥❹,视左右手罔措也。上下内外大小之人,咸悲酸痛楚,以为不可复得也。传其慧心隐行,闻者叹者,莫不谓文人义士难与争俦也。

余业为哀辞数千言哭之,格于声韵不尽悉❺,复约略纪其概。每冥痛沉思姬之一生,与偕姬九年光景,一齐涌心塞眼,虽有吞鸟梦花之心手❻,莫能追述。区区泪笔,枯涩黯削,不能自传其爱,何有于饰? 矧姬之事余,始终本来,不缘狎昵。余年已四十,须眉如戟。十五年前,眉公

※ 注 释 ※

❶ 忤(wǔ):不和睦。间:嫌隙,隔阂。
❷ 肥遁:指避世隐退。
❸ 遘(gòu):相遇。"遘疾"指碰到疾病的情况。
❹ 茕(qióng)茕:形容孤孤单单,无依无靠。粥粥:柔弱无能貌,这里指不知所措的样子。
❺ 格:被阻隔,这里指受声韵限制。
❻ 吞鸟梦花:指有丰美高超的写作能力。

先生谓余视锦半臂碧纱笼❶，一笑瞠若❷，岂至今复效轻薄子漫谱情艳，以欺地下？倘信余之深者，因余以知姬之果异，赐之鸿文丽藻，余得藉手报姬，姬死无恨，余生无恨。

己卯初夏❸，应试白门❹，晤密之❺，云："秦淮佳丽，近有双成❻，年甚绮，才色为一时之冠。"余访之，则以厌薄纷华，挈家去金阊矣❼。嗣下第❽，浪游吴门，屡访之半塘❾，时逗留洞庭不返❿。名与姬颉颃⓫者，有沙九畹、杨漪

※ 注 释 ※

❶ 眉公：即明末文学家、书画家陈继儒，号眉公。

❷ 瞠若：直视的样子。这里指看到穿着露臂纱衣的女子一笑直视，并不以为然的样子。

❸ 己卯：明崇祯十二年，即公元1639年，当时作者29岁。

❹ 白门：地名，即今南京。

❺ 密之：指作者好友、明清之际思想家方以智，密之是其字。他是明末江南士大夫政治集团复社的重要成员。

❻ 双成：指传说中西王母的侍女董双成，因小宛也姓董，所以以董双成比称。

❼ 金阊(chāng)：地名，指苏州阊门一带。

❽ 下第：指作者科试不中。

❾ 半塘：地名，在今苏州。

❿ 洞庭：太湖的别名，这里指董小宛正好在太湖一带逗留未返家。

⓫ 颉颃(xié háng)：原指鸟上下飞的样子，这里指不相上下、相抗衡。

照。予日游两生间,独觊尺不见姬。将归棹,重往冀一见❶。姬母秀且贤,劳余曰:"君数来矣,予女幸在舍,薄醉未醒。"然稍停,复他出,从兔径扶姬于曲栏❷,与余晤。面晕浅春,缬眼流视❸,香姿玉色,神韵天然,懒慢不交一语。余惊爱之。惜其倦,遂别归。此良晤之始也。时姬年十六。

庚辰夏,留滞影园,欲过访姬。客从吴门来,知姬去西子湖,兼往游黄山白岳,遂不果行。

辛巳早春,余省觐去衡岳❹,繇浙路往❺,过半塘讯姬,则仍滞黄山。许忠节公赴粤任❻,与余联舟行。偶一日,赴饮归,谓余曰:"此中有陈姬某❼,擅梨园之胜,不可

※ 注释 ※

❶ 冀:希望。

❷ 兔径:指小路、曲径。

❸ 缬(xié)眼:"缬"原指有花纹的丝织品,这里指目光因醉意迷离动人。

❹ 省觐(jìn):探望父母或其他尊长。

❺ 繇:这里读yóu,通"由",意为自、从。

❻ 许忠节公:指明臣如皋许直,殉国后,明南都谥其"忠节"。

❼ 陈姬:据前人考证,陈姬即指陈圆圆,本名沅,字畹芬。相传明末农民起义军攻入北京后,陈圆圆被俘,后来吴三桂引清兵入关,是为夺回陈圆圆。明末清初著名诗人吴梅村《圆圆曲》有句云:"冲冠一怒为红颜。"

不见。"余佐忠节治舟数往返,始得之。其人淡而韵,盈盈冉冉,衣椒茧❶,时背顾湘裙,真如孤鸾之在烟雾。是日演弋腔《红梅》❷,以燕俗之剧❸,咿呀啁哳之调,乃出之陈姬身口,如云出岫,如珠在盘,令人欲仙欲死。漏下四鼓,风雨忽作,必欲驾小舟去。余牵衣订再晤,答云:"光福梅花如冷云万顷,子越旦偕我游否❹?则有半月淹也❺。"余迫省觐,告以不敢迟留故,复云:"南岳归棹,当迟子于虎疁丛桂间❻。盖计其期,八月返也。"余别去,恰以观涛日奉母回❼。至西湖,因家君调已破之襄阳❽,心绪如焚,便讯陈

※ 注释 ※

❶ 椒茧:指丝质衣裳。
❷ 弋腔:即弋阳腔,约元末明初起源于江西弋阳一带的戏曲声腔。
❸ 燕俗之剧:指形式多样的燕乐戏曲,区别于庙堂典礼所用的雅乐,一般来自民间俗乐,多用于宴饮集会。
❹ 越旦:第二天早上。
❺ 淹:逗留。
❻ 虎疁(liú):地名,在今苏州。
❼ 观涛日:每年农历八月中旬有著名的钱塘江大潮,古人自宋代就有观潮的习俗,这里的观涛日即指八月中旬。
❽ 家君:作者父亲冒起宗,这里指冒起宗被朝廷调往已经被农民起义军攻破的襄阳。

姬,则已为窦霍豪家掠去❶,闻之惨然。及抵阊门,水涩舟胶,去浒关十五里,皆充斥不可行。偶晤一友,语次有"佳人难再得"之叹。友云:"子悮矣❷!前以势劫去者,赝某也。某之匿处,去此甚迩,与子偕往。"至果得见,又如芳兰之在幽谷也。相视而笑曰:"子至矣,子非雨夜舟中订芳约者耶?曩感子殷勤❸,以凌遽不获订再晤❹。今几入虎口得脱,重晤子,真天幸也。我居甚僻,复长斋,茗椀炉香,留子倾倒于明月桂影之下,且有所商。"余以老母在舟,缘江楚多梗,率健儿百馀护行,皆住河干,矍矍欲返❺。甫黄昏而炮械震耳,击炮声如在余舟旁,亟星驰回,则中贵争持河道❻,与我兵斗,解之始去。自此余不复登岸。越旦,则姬淡妆至,求谒吾母太恭人❼,见后仍坚订过

※ 注释 ※

❶ 窦霍豪家:汉代窦、霍两族为皇亲贵戚,这里喻指崇祯皇帝田贵妃的父亲田弘遇。

❷ 悮(wù):同"误",错误、谬误。

❸ 曩(nǎng):前日,以往。

❹ 凌遽:迅速,急促。

❺ 矍矍(jué):惊惧四顾的样子。

❻ 中贵:朝中贵人,指朝廷中的高官。

❼ 太恭人:恭人为古时命妇封号之一。明、清时四品官员之妻封号恭人,如系赠封母亲或祖母则称太恭人。

其家❶。乃是晚,舟仍中梗,乘月一往。相见,卒然曰❷:"余此身脱樊笼,欲择人事之。终身可托者,无出君右。适见太恭人,如覆春云,如饮甘露。真得所天❸。子毋辞!"余笑曰:"天下无此易易事。且严亲在兵火❹,我归,当弃妻子以殉。两过子,皆路梗中无聊闲步耳。子言突至,余甚讶。即果尔,亦塞耳坚谢,无徒误子。"复宛转云:"君倘不终弃,誓待君堂上昼锦旋❺。"余答曰:"若尔,当与子约。"惊喜申嘱,语絮絮不悉记,即席作八绝句付之❻。

归历秋冬,奔驰万状,至壬午仲春,都门政府言路诸公,恤劳臣之劳,怜独子之苦,驰量移之耗❼,先报余。时正在毗陵❽,闻音如石去心,因便过吴门慰陈姬。盖残冬

※ 注释 ※

❶ 过:拜访。这里指陈圆圆邀请作者去她家。
❷ 卒(cù)然:急切的样子。
❸ 所天:旧称所依靠的人,这里指丈夫。
❹ 严亲:指在襄阳与起义军作战的作者父亲。
❺ 锦旋:指衣锦荣归。
❻ 八绝句:指作者的诗作《赠畹芬八绝》。
❼ 量移:指官吏因罪远谪后,遇赦酌情调迁到近处任职,后亦泛指迁职,这里指朝廷同意作者父亲调离战火中的襄阳。耗:消息。
❽ 毗陵:古地名,西汉时置县,治所在今江苏省常州市一带,后世多称今江苏常州一带为毗陵。

屡趣余❶,皆未及答。至则十日前复为窦霍门下客以势逼去。先,吴门有昵之者,集千人哗劫之。势家复为大言挟诈❷,又不惜数千金为贿。地方恐贻伊戚❸,劫出复纳入。余至,怅惘无极,然以急严亲患难,负一女子无憾也。

是晚壹郁❹,因与友觅舟去虎疁夜游。明日,遣人之襄阳,便解维归里❺。舟过一桥,见小楼立水边。偶询游人:"此何处? 何人之居?"友以双成馆对❻。余三年积念,不禁狂喜,即停舟相访。友阻云:"彼前亦为势家所惊,危病十有八日,母死,镢户不见客❼。"余强之上,叩门至再三,始启户,灯火阒如。宛转登楼,则药饵满几榻。姬沉吟询何来,余告以昔年曲栏醉晤人。姬忆,泪下曰:"曩君屡过余,虽仅一见,余母恒背称君奇秀,为余惜不共君盘

❀ 注释 ❀

❶ 趣(cù):同"促",催促。这里指陈圆圆去信催促作者去她那里。

❷ 挟诈:威胁,恐吓。

❸ 贻:遗留,"恐贻伊戚"指担心得罪那些贵戚,留下忧患。

❹ 壹(yīn)郁:云烟弥漫。

❺ 解维:解开缆索,指开船。

❻ 双成馆:即董小宛的居所。

❼ 镢(jué)户:镢,箱子上安锁的纽。这里指锁门。

桓。今三年矣,余母新死,见君忆母,言犹在耳。今从何处来?"便强起,揭帷帐审视余,且移灯留坐榻上。谈有顷,余怜姬病,愿辞去。牵留之曰:"我十有八日寝食俱废,沉沉若梦,惊魂不安。今一见君,便觉神怡气王❶。"旋命其家具酒食,饮榻前。姬辄进酒,屡别屡留,不使去。余告之曰:"明朝遣人去襄阳,告家君量移喜耗。若宿卿处,诘旦不能报平安❷。俟发使行,宁少停半刻也。"姬曰:"子诚殊异,不敢留。"遂别。

越旦,楚使行❸,余亟欲还,友人及仆从咸云:"姬昨仅一倾盖。拳切不可负❹。"仍往言别,至则姬已妆成,凭楼凝睇,见余舟傍岸,便疾趋登舟。余具述即欲行,姬曰:"我装已戒,随路祖送❺。"余却不得却,阻不忍阻。由浒关至梁溪、毗陵、阳羡、澄江,抵北固,越二十七日,凡二十七辞,姬惟坚以身从。登金山,誓江流曰:"妾此身如江水东

※ 注 释 ※

❶ 王:通"旺",健旺。
❷ 诘旦:平明,清晨。
❸ 楚使:派往襄阳送信的人。
❹ 拳切:诚挚恳切。
❺ 戒:准备,这里指已经准备好行装。祖送:祖饯送行。

下,断不复返吴门!"余变色拒绝,告以期逼科试❶,年来以大人滞危疆,家事委弃,老母定省俱违,今始归经理一切。且姬吴门责逋甚众❷,金陵落籍❸,亦费商量,仍归吴门,俟季夏应试,相约同赴金陵。秋试毕,第与否,始暇及此,此时缠绵,两妨无益。姬仍踌躇不肯行。时五木在几❹,一友戏云:"卿果终如愿,当一掷得巧。"姬肃拜于船窗,祝毕,一掷得"全六",时同舟称异。余谓果属天成,仓卒不臧❺,反偾乃事❻,不如暂去,徐图之。不得已,始掩面痛哭,失声而别。余虽怜姬,然得轻身归,如释重负。

才抵海陵❼,旋就试,至六月抵家。荆人对余曰❽:

※ 注释 ※

❶ 逼:迫近,临近。

❷ 责(zhài)逋:责,"债"的古字。责逋即债务的拖欠。

❸ 落籍:脱离娼籍,指妓女从良。

❹ 五木:古代博具。以斫木为子,一具五枚,后世所用的骰子相传即由五木演变而来。

❺ 臧:好、善,这里指事情办得完善顺利。

❻ 偾(fèn):败坏,毁坏。

❼ 海陵:地名,在今江苏泰州市。

❽ 荆人:对别人称呼自己妻子的谦词。

"姬令其父先已过江来,姬返吴门,茹素不出❶,惟翘首听金陵偕行之约。闻言心异,以十金遣其父去曰:'我已怜其意而许之,但令静俟毕场事后,无不可耳。'"余感荆人相成相许之雅,遂不践走使迎姬之约,竟赴金陵,俟场后报姬。

桂月三五之辰,余方出闱❷。姬猝到桃叶寓馆❸。盖望余耗不至,孤身挈一妪,买舟自吴门江行,遇盗,舟匿芦苇中,舵损不可行,炊烟遂断三日。初八抵三山门,又恐扰余首场文思,复迟二日始入。姬见余虽甚喜,细述别后百日茹素杜门与江行风波、盗贼惊魂状,则声色俱凄,求归逾固,时魏塘❹、云间❺、闽、豫诸同社,无不高姬之识,悯姬之诚,咸为赋诗作画以坚之。

场事既竣,余妄意必第,自谓此后当料理姬事,以报

※ 注释 ※

❶ 茹素:吃素食。
❷ 出闱:指科举考试后考生离开试院。闱(wéi),指科举考试。
❸ 桃叶:即桃叶渡口,在今南京市秦淮河畔,相传因晋代书法家王献之在此送别其爱妾桃叶而得名。
❹ 魏塘:地名,即魏塘镇,在今浙江嘉善县。
❺ 云间:地名,今上海松江县的古称。

其志。讵十七日,忽传家君舟抵江干,盖不赴宝庆之调,自楚休致矣❶。时已二载违养❷,冒兵火生还,喜出望外,遂不及为姬谋去留,竟从龙潭尾家君舟抵銮江。家君阅余文,谓余必第,复留之銮江候榜。姬从桃叶寓馆仍发舟追余,燕子矶阻风,几复罹不测,重盘桓銮江舟中。七日,乃榜发,余中副车❸。穷日夜力归里门,而姬痛哭相随,不肯返。且细悉姬吴门诸事,非一手足力所能了。责逋者见其远来,益多奢望,众口狺狺❹。且严亲甫归,余复下第意阻,万难即诣。舟抵郭外朴巢❺,遂冷面铁心,与姬决别,仍令姬返吴门,以厌责逋者之意❻,而后事可为也。

阳月过润州❼,谒房师郑公❽。时闽中刘大行自都门

※ 注释 ※

❶ 休致:官吏年老去职,亦泛指辞官。这里指作者父亲从襄阳调出后没有去宝庆任职,而是告老辞官。

❷ 违养:原指父母或尊长去世。这里指作者父亲身陷战火,作者不能供养侍奉。

❸ 副车:清代乡试正取举人之外,又设副榜,考中者称副车。副车可以到国子监做贡生,但不能参加会试。

❹ 狺(yín)狺:狗叫的声音,这里比喻董小宛的债主们议论纷纷。

❺ 朴巢:指如皋城外作者家的园子。

❻ 厌:使满足。

❼ 阳月:农历十月的别称。

❽ 房师:明清乡、会试中试者对分房阅卷的房官的尊称。

来，与陈大将军及同盟刘刺史饮舟中。适奴子自姬处来。云姬归不脱去时衣，此时尚方空在体❶。谓余不速往图之，彼甘冻死。刘大行指余曰："辟疆夙称风义。固如是负一女子耶？"余云："黄衫押衙，非君平仙客所能自为❷。"刺史举杯奋袂曰❸："若以千金恣我出入，即于今日往！"陈大将军立贷数百金，大行以薓数斤佐之❹。讵谓刺史至吴门，不善调停，众哗决裂，逸去吴江。余复还里，不及讯。

姬孤身维谷，难以收拾。虞山宗伯闻之❺，亲至半塘，

※ 注释 ※

❶ 方空：即方空縠(hú)，古代丝织物名。空，即孔，方空指纱薄如空。

❷ "黄衫"句：黄衫，唐传奇小说《霍小玉传》中有身穿黄衫的豪士挟持男主人公李益与霍小玉相见，促成其事；押衙，唐传奇小说《无双传》中有古押衙帮助男女主人公王仙客和无双终成眷属。这里黄衫、押衙即泛指能行侠仗义的豪士。君平，唐代诗人韩翃字君平。天宝年间与李王孙的歌姬柳氏两情相悦，李王孙遂玉成二人婚事。仙客，即《无双传》中的王仙客。这里作者自比韩君平和王仙客，希望朋友出手相助去解救董小宛。

❸ 袂(mèi)：衣袖。

❹ 薓(shēn)：参的古字，即人参。

❺ 宗伯：官名，周代六卿之一，即后世礼部之职。这里指江苏常熟虞山钱谦益，他明亡前曾官至礼部侍郎，后在南明王朝任礼部尚书，降清后任礼部侍郎，故称其为"宗伯"。

纳姬舟中。上至荐绅,下及市井,纤悉大小,三日为之区画立尽❶,索券盈尺❷。楼船张宴,与姬钱于虎疁,旋买舟送至吾皋❸。至至月之望❹,薄暮侍家君饮于拙存堂,忽传姬抵河干。接宗伯书,娓娓洒洒,始悉其状,且即驰书贵门生张祠部立为落籍。吴门后有细琐,则周仪部终之,而南中则李宗宪旧为礼垣者与力焉。越十月,愿始毕,然往返葛藤,则万斛心血所灌注而成也。

二

壬午清和晦日❺,姬送余至北固山下,坚欲从渡江归里。余辞之,益哀切,不肯行。舟泊江边,时西先生毕今

※ 注释 ※

❶ 区画:筹划,安排。

❷ 索券:讨回债券。

❸ 吾皋:即作者家乡如皋。

❹ 至月:指冬至的月份,大约为农历十一月。望:农历每月初十五日称"望"。

❺ 清和:农历四月的俗称。晦日:农历每月的最后一天。

梁寄余夏西洋布一端❶,薄如蝉纱,洁比雪艳。以退红为里,为姬制轻衫,不减张丽华桂宫霓裳也❷。偕登金山,时四五龙舟冲波激荡而上,山中游人数千,尾余两人,指为神仙。绕山而行,凡我两人所止则龙舟争赴,回环数匝不去。呼询之,则驾舟者皆余去秋浙回官舫长年也❸。劳以鹅酒❹,竟日返舟。舟中宣瓷大白盂,盛樱珠数斤,共啖之,不辨其为樱为唇也。江山人物之盛,照映一时,至今谈者侈美❺。

秦淮中秋日,四方同社诸友感姬为余不辞盗贼风波之险,间关相从❻,因置酒桃叶水阁。时在座为眉楼顾夫人❼、寒秀斋李夫人❽,皆与姬为至戚,美其属余,咸来相

※ 注释 ※

❶ 西先生:指外国人。
❷ 张丽华:南朝陈后主的妃子,以美色受宠,后为隋军所杀。
❸ 浙(zhè):同"浙",即浙江。长(zhǎng)年:船工。
❹ 鹅酒:鹅和酒,旧时常用作馈赠品。
❺ 侈美:极度地赞叹。
❻ 间关:辗转曲折。
❼ 眉楼顾夫人:即顾媚,字眉生,又名眉,号横波;通文史,善画兰。曾为秦淮八艳之一,后嫁与清初"江左三大家"之一的龚鼎孳为妾。
❽ 寒秀斋李夫人:指秦淮名妓李十娘,作者曾与之相交。

庆。是日新演《燕子笺》❶,曲尽情艳。至霍华离合处,姬泣下,顾、李亦泣下。一时才子佳人,楼台烟水,新声明月,俱足千古,至今思之,不啻游仙枕上梦幻也❷。

銮江汪汝为园亭极盛,而江上小园,尤收拾江山胜概。壬午鞠月之朔❸,汝为曾延予及姬于江口梅花亭子上❹。长江白浪拥象,奔赴杯底;姬轰饮巨叵罗❺,觞政明肃❻,一时在座诸妓皆颓唐溃逸。姬最温谨,是日豪情逸致,则余仅见。

乙酉❼,余奉母及家眷流寓盐官❽,春过半塘,则姬之

❀ 注释 ❀

❶《燕子笺》:明末清初的名臣阮大铖曾创作传奇《燕子笺》,写唐代才子霍都梁和名妓华行云、尚书之女郦云飞曲折的爱情故事。下文的"霍华离合处"即指《燕子笺》中的情节。

❷ 游仙枕:据五代王仁裕《开元天宝遗事》记载,龟兹国曾进奉一枚枕着能梦游五湖四海的仙枕,被命名为"游仙枕"。

❸ 鞠月:即菊月,指农历九月。朔:农历每月初一称"朔"。

❹ 延:邀请。

❺ 叵(pǒ)罗:一种来自西域的饮酒器,口敞底浅,亦泛指酒杯。

❻ 觞政:酒令。

❼ 乙酉:南明福王弘光元年,即公元1645年。

❽ 流寓:流落他乡居住。盐官:古镇名,今属浙江海宁县,是钱塘江观潮胜地。

旧寓固宛然在也。姬有妹晓生，同沙九畹登舟过访，见姬为余如意珠❶，而荆人贤淑，相视复如水乳，群美之，群妒之。同上虎丘，与予指点旧游，重理前事，吴门知姬者咸称其俊识，得所归云。

鸳鸯湖上，烟雨楼高。逶迤而东，则竹亭园半在湖内，然环城四面，名园胜寺，夹浅渚层溪而潋滟者，皆湖也。游人一登烟雨楼，遂谓已尽其胜，不知浩瀚幽渺之致，正不在此。与姬曾为竟日游，又共追忆钱塘江下桐君严濑碧浪苍岩之胜❷，姬更云新安山水之逸，在人枕灶间❸，尤足乐也。

虞山宗伯送姬抵吾皋，时余侍家君饮于家园，仓卒不敢告严君。又侍饮至四鼓，不得散。荆人不待余归，先为洁治别室，帷帐、灯火、器具、饮食，无一不顷刻具。酒阑见姬，姬云："始至，正不知何故不见君，但见婢妇簇我登

※ 注释 ※

❶ 如意珠：佛教中能满足一切物质需求的佛珠和道教中服用能立刻成仙的还丹都被称作"如意珠"，这里用来比喻董小宛，表明作者对她的珍视。
❷ 桐君：传说为黄帝时医师，曾采药于浙江桐庐县的东山，这里即指桐庐的山水美景。严濑：即严陵濑，在桐庐县南，相传为东汉严光（子陵）隐居垂钓处。
❸ 枕灶：指人间的日常生活。

岸,心窃怀疑,且深恫骇。抵斯室,见无所不备。旁询之,始感叹主母之贤,而益快经岁之矢相从不误也。"自此姬扃别室❶,却管弦,洗铅华,精学女红,恒月馀不启户。耽寂享恬,谓骤出万顷火云,得憩清凉界,回视五载风尘,如梦如狱。居数月,于女红无所不妍巧,锦绣工鲜。刺巾裾如虮无痕❷,日可六幅。剪彩织字、缕金回文,各厌其技❸,针神针绝,前无古人已。

姬在别室四月,荆人携之归。入门,吾母太恭人与荆人见而爱异之,加以殊眷。幼姑长姊尤珍重相亲,谓其德性举止,均非常人。而姬之侍左右,服劳承旨,较婢妇有加无已。烹茗剥果,必手进;开眉解意,爬背喻痒。当大寒暑,折胶铄金时❹,必拱立座隅,强之坐饮食,旋坐旋饮食❺,旋起执役,拱立如初。余每课两儿文,不称意,

❀ 注释 ❀

❶ 扃(jiōng):关门。
❷ 虮:虱子的卵,这里比喻董小宛的刺绣针线紧密。
❸ 厌:熟练,精通。
❹ 折胶铄金:天气寒冷时胶容易折断,炎热时金属都要融化,这里比喻寒冬酷暑。
❺ 旋:急忙,即刻。

加夏楚❶，姬必督之改削成章，庄书以进，至夜不懈。越九年，与荆人无一言枘凿❷。至于视众御下，慈让不遑❸，咸感其惠。余出入应酬之费与荆人日用金错泉布❹，皆出姬手，姬不私铢两，不爱积蓄，不制一宝粟钗钿。死能弥留，元旦次日，必欲求见老母，始瞑目，而一身之外，金珠红紫尽却之，不以殉，洵称异人❺。

余数年来欲裒集四唐诗❻，购全集，类逸事，集众评，列人与年为次第，每集细加评选，广搜遗失，成一代大观。初、盛稍有次第，中、晚有名无集、有集不全，并名、集俱未见者甚夥。《品汇》❼，六百家大略耳；即《纪事本末》千

※ 注释 ※

❶ 夏(jiǎ)楚：夏，榎木；楚，荆木，都是古代学校体罚违规者的工具，后泛指用棍棒对未成年学童加以体罚。

❷ 枘(ruì)凿：指圆形的榫头和方形的卯眼，两者难相吻合。后比喻事物格格不入或相互矛盾。

❸ 不遑(háng)：遑，闲暇。不遑即没有闲暇的时候。这里指董小宛时时刻刻都对下人慈爱谦让。

❹ 金错泉布：金错、泉布都是古代货币的名称，这里泛指经济上的花费。

❺ 洵(xún)：诚然；实在。

❻ 裒(póu)：聚集。四唐诗：即下文提到的初、盛、中、晚唐诗。

❼ 《品汇》：指明代高棅编选的唐诗总集《唐诗品汇》，收录唐代诗人作品六百多家。

馀家❶,名姓事迹稍存,而诗不具;全唐诗话更觉寥寥。芝隅先生序《十二唐人》,称豫章大家藏中、晚未刻集七百馀种❷。孟津王师向余言❸:买灵宝许氏《全唐诗》数车满载❹,即曩流寓盐官胡孝辕职方批阅唐人诗❺,剞劂工费❻,需数千金。僻地无书可借,近复裹足牖下,不能出游购之,以此经营搜索,殊费工力,然每得一帙,必细加丹黄❼。他书有涉此集者,皆录首简,付姬收贮。至编年论人,准之《唐书》。姬终日佐余稽查抄写,细心商订,永日

※ 注释 ※

❶《纪事本末》:指南宋计有功编撰的《唐诗纪事》,收录唐代诗人作品一千多家。

❷ 豫章:古郡名,治所在今江西南昌。

❸ 孟津:县名,在今河南西北部。王师:指王铎(1592—1652),孟津人,字觉斯,号嵩樵,工书画。曾任南明弘光朝东阁大学士,降清后官至礼部尚书。

❹ 灵宝:地名,明清时在河南陕州。

❺ 胡孝辕:明文学家胡震亨(1569—1642),字孝辕,浙江海盐人。家多藏书,长于搜集诗文资料,所辑《唐音统签》十集,搜罗丰富,为清代修《全唐诗》蓝本。职方:官名,唐代尚书省兵部有职方司,胡震亨曾任兵部员外郎,故称其为职方。

❻ 剞劂(jī jué):原指雕刻的工具,这里指雕版刻书。

❼ 丹黄:旧时点校书籍用朱笔书写,遇误字,涂以雌黄,故称点校文字的朱砂和雌黄为丹黄。

终夜,相对忘言。阅诗无所不解,而又出慧解以解之。尤好熟读楚辞、少陵、义山,王建、花蕊夫人、王珪三家宫词❶。等身之书,周回座右,午夜衾枕间,犹拥数十家唐诗而卧。今秘阁尘封,余不忍启,将来此志,谁克与终?付之一叹而已。

犹忆前岁余读《东汉》❷,至陈仲举、范、郭诸传❸,为之抚几,姬一一求解其始末,发不平之色,而妙出持平之议,堪作一则史论。

乙酉客盐官❹,尝向诸友借书读之,凡有奇僻,命姬手抄。姬于事涉闺阁者,则另录一帙。归来与姬遍搜诸书,续

※ 注释 ※

❶ 少陵:唐诗人杜甫。义山:唐诗人李商隐。王建:唐代诗人,擅作乐府诗,所作《宫词》一百首,描写宫廷奢华生活,对后世此类作品影响很大。花蕊夫人:五代前蜀主之妃,曾作《花蕊夫人宫词》。王珪:这里指宋代名臣王珪,其文闳侈瑰丽,亦作有宫词。宫词三家即指王建、花蕊夫人、王珪。

❷ 《东汉》:指范晔《后汉书》。

❸ 陈仲举、范、郭:指东汉人陈藩、范滂、郭泰,《后汉书》均有传(其中"郭泰"因范晔避其父讳改为"郭太")。陈、范二人为官清正,但死于与宦官斗争以及党锢之祸;郭泰曾为当时太学生首领,宦官擅政时他不就官府征召,后党锢祸起,他于家中教授门徒,免于灾祸。

❹ 乙酉:公元1645年,即南明弘光元年,清顺治二年。

成之，名曰《奁艳》。其书之魂异精秘，凡古人女子，自顶至踵，以及服食器具、亭台歌舞、针神才藻，下及禽鱼鸟兽，即草木之无情者，稍涉有情，皆归香丽。今细字红笺，类分条析，俱在奁中❶。客春顾夫人远向姬借阅此书❷，与龚奉常极赞其妙❸，促绣梓之。余即当忍痛为之校雠鸠工❹，以终姬志。

姬初入吾家，见董文敏为余书《月赋》❺，仿钟繇笔意者❻，酷爱临摹，嗣遍觅钟太傅诸帖学之。阅《戎辂表》称关帝君为贼将，遂废钟学《曹娥碑》❼，日写数千字，不讹不

※ 注释 ※

❶ 奁(lián)：古代妇女梳妆用的镜匣。

❷ 客春：客，指刚刚过去的一年。客春即去年春天。

❸ 龚奉常：即龚鼎孳(1616—1673)，字孝升，号芝麓，安徽合肥人。明崇祯进士，官兵科给事中。入清后，授吏科给事中，升太常寺少卿、左都御史。康熙时官至礼部尚书。洽闻博学，诗、古文并工，清初与钱谦益、吴伟业并称"江左三大家"。奉常，秦九卿之一，汉代更名为太常，这里为尊称龚鼎孳。顾夫人即龚氏妾顾媚。

❹ 鸠工：聚集工匠，这里指将董小宛书稿出版成书。

❺ 董文敏：即明代著名书画家董其昌，文敏为其谥号。

❻ 钟繇(yáo)：三国魏大臣、书法家，魏明帝曹叡时迁太傅，后人称"钟太傅"。其书法博采众长，兼善各体，尤精于隶书、楷书。

❼ 《曹娥碑》：指从曹娥的墓碑所拓字帖，曹娥为东汉时人，相传十四岁时其父溺死江中后，娥沿江号哭十七昼夜，投江而死，世人传为孝女。当时度尚为曹娥立碑，上刻诔词，书法古淡秀润，被后世习为摹本。

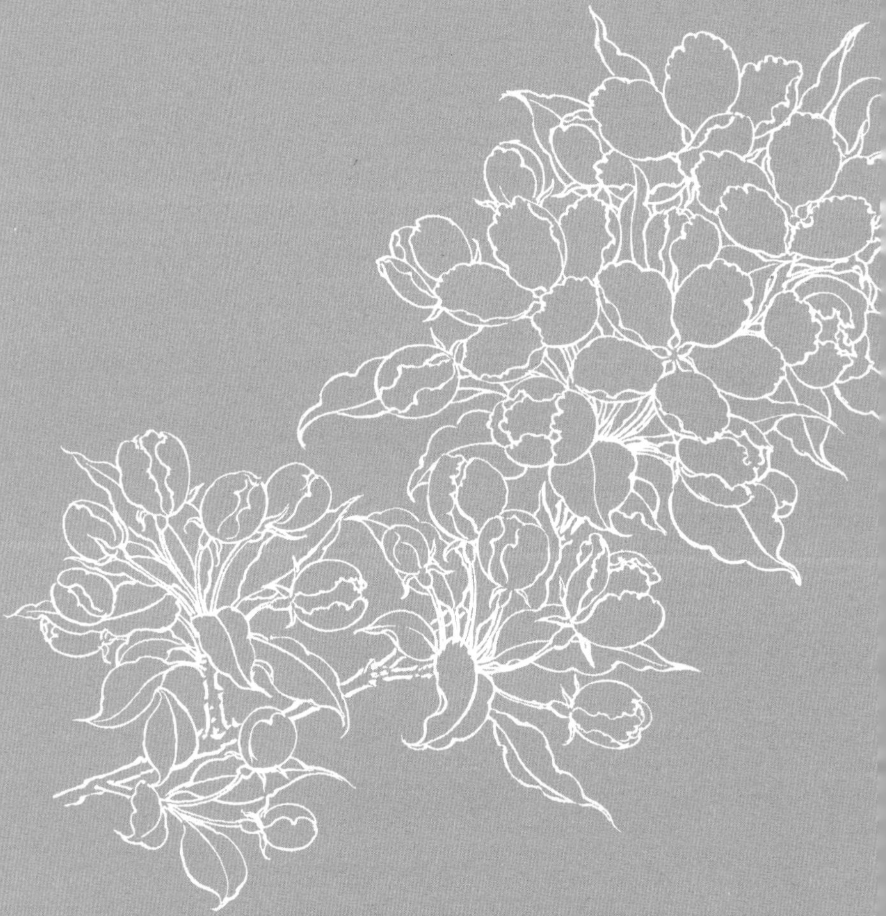

珠珠無價玉無瑕小字貪看問妾

家尋到白堤呼出見月明殘雪映

梅苍京江話舊木蘭舟憶得郎來

繫紫騮殘酒未醒驚睡起曲欄無

語笑凝眸　吳梅村詩一首

乙未歲尾　潘水孫熙春書

影梅庵忆语·相识

孤山田畔已無家不作人間軟語
苓慶士美人同一哭悔將冰雪誤
生涯　董小宛作　　細縠春郊門畫
裙卷簾都道不如君白門移得絲絲
柳黃海蝠來步步雲　吳梅村詩
乙未歲尾潘水孫熙春書

影梅庵忆语·同游

幽草凄凄绿上柔桂苍狼藉闭深楼

银光不足供吟赏书破芭蕉几叶

秋具病眼看苍愁思深幽窗独坐

抚瑶琴黄鹂亦似知人意柳外时

时弄好音 其三 董小宛诗

乙未岁尾 潘水孙兴春书

影梅庵忆语·品香

念家山破定風波郎按新詞妾按
歌恨殺南朝阮司馬累儂夫婿病
愁多亂梳雲鬢下妝樓盡室倉皇
過渡頭鈿合金釵渾抛卻高家兵
馬在揚州

　　吳梅村詩

乙未歲尾　潘水孫熙春

影梅庵憶語之
患難
乙夫著
春娛圖

影梅庵忆语·患难

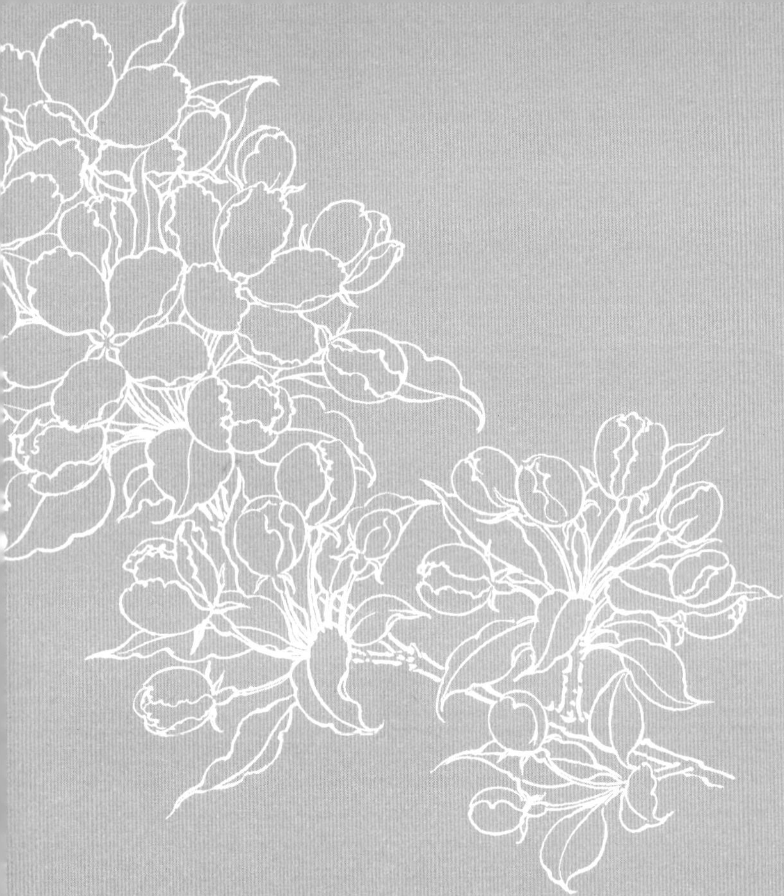

落。余凡有选摘，立抄成帙，或史或诗，或遗事妙句，皆以姬为绀珠❶。又尝代余书小楷扇存戚友处，而荆人米盐琐细，以及内外出入，无不各登手记，毫发无遗。其细心专力，即吾辈好学人鲜及也。

姬于吴门曾学画未成，能做小丛寒树，笔墨楚楚，时于几砚上辄自图写，故于古今绘事，别有殊好。偶得长卷小轴，与笥中旧珍❷，时时展玩不置。流离时宁委奁具，而以书画捆载自随。末后尽裁装潢，独存纸绢，犹不得免焉，则书画之厄，而姬之嗜好真且至矣。

三

姬能饮，自入吾门，见余量不胜蕉叶❸，遂罢饮，每晚

※ 注释 ※

❶ 绀(gàn)珠：绀，深青透红之色。相传唐开元年间宰相张说有绀色珠子一颗，有遗忘之事时抚玩珠子，便心神开悟，事无巨细，都焕然明晓，因此称此珠为记事珠。这里是比喻董小宛记忆超群，过目不忘。

❷ 笥(sì)：盛物的方形竹器。

❸ 蕉叶：浅底的酒杯，形如蕉叶，这里指作者不胜酒力。

侍荆人数杯而已。而嗜茶与余同性，又同嗜界片❶，每岁半塘顾子兼择最精者缄寄，具有片甲蝉翼之异；文火细烟，小鼎长泉，必手自吹涤。余每诵左思《娇女诗》"吹嘘对鼎䥥"之句❷，姬为解颐❸。至"沸乳看蟹目鱼鳞，传瓷选月魂云魄"，尤为精绝。每花前月下，静试对尝，碧沉香泛，真如木兰沾露，瑶草临波，备极卢、陆之致❹。东坡云："分无玉碗捧蛾眉。"❺余一生清福，九年占尽，九年折尽矣。

姬每与余静坐香阁，细品名香。宫香诸品淫，沉水香俗❻。俗人以沉香着火上，烟扑油腻，顷刻而灭，无论香之性情未出，即着怀袖，皆带焦腥。沉香坚致而纹横者，谓

※ 注释 ※

❶ 界片：一般作"岕片"，茶叶名，产于浙江长兴的罗岕山，为茶中上品。冒襄著有《岕茶汇抄》一书。

❷ 左思：西晋文学家，传世名作有《三都赋》、《咏史》诗八首等。䥥：一种烹煮器具。

❸ 解颐：指开颜欢笑。

❹ 卢、陆：指唐代诗人卢仝和唐代人陆羽，前者好饮茶，写过与茶有关的诗，后者作《茶经》三卷，是我国最早的关于茶的专著，被后世奉为茶神。

❺ 东坡：即宋代大诗人苏轼，东坡是其号。

❻ 沉水香：即沉香。

之"横隔沉",即四种沉香内革沉横纹者是也,其香特妙。又有沉水结而未成,如小笠大菌,名"蓬莱香",余多蓄之。每慢火隔砂,使不见烟,则阁中皆如风过伽楠❶、露沃蔷薇、热磨琥珀、酒倾犀斝之味❷,久蒸衾枕间,和以肌香,甜艳非常,梦魂俱适。外此则有真西洋香方,得之内府,迥非肆料❸。丙戌客海陵,曾与姬手制百丸,诚闺中异品,然爇时亦以不见烟为佳❹,非姬细心秀致,不能领略到此。黄熟出诸番❺,而真腊为上❻,皮坚者为黄熟桶,气佳而通;黑者为夹栈黄熟❼。近南粤东莞茶园村土人种黄熟,如江南之艺茶,树矮枝繁,其香在根。自吴门解人剔根切白❽,而香之松朽尽削,油尖铁面尽出❾。余与姬客

※ 注释 ※

❶ 伽(qié)楠:伽楠香,即沉香。

❷ 犀斝(jiǎ):用犀牛角制成的储酒器具。

❸ 肆料:市场上售卖的香料。肆,店铺、市集。

❹ 爇(ruò):燃点,焚烧。

❺ 黄熟:香名。晋嵇含《南方草木状·蜜香等》:"交趾有蜜香树,榦似柜柳,其花白而繁,其叶如橘……其根为黄熟香。"番:旧称少数民族或外国。

❻ 真腊:当时称吉蔑王国为真腊,即今柬埔寨。

❼ 栈(jiān):香木名。

❽ 解人:见事高明的人,这里指内行人。

❾ 油尖铁面:油腻的梢部、发黑的表面,这里指将黄熟香的根梢和表层去除。

半塘时,知金平叔最精于此。重价数购之,块者净润,长曲者如枝如虬,皆就其根之有结处随纹缕出。黄云紫绣,半杂鹧鸪斑,可拭可玩。

寒夜小室,玉帏四垂,氍毹重叠❶,烧二尺许绛蜡二三枝,陈设参差,堂几错列,大小数宣炉,宿火常热,色如液金粟玉。细拨活灰一寸,灰上隔砂选香蒸之,历半夜,一香凝然,不焦不竭,郁勃氤氲,纯是糖结。热香间有梅英半舒,荷鹅梨蜜脾之气,静参鼻观❷。忆年来共恋此味此境,恒打晓钟,尚未着枕,与姬细想闺怨,有斜倚薰篮、拨尽寒炉之苦,我两人如在蕊珠众香深处❸。今人与香气俱散矣,安得返魂一粒,起于幽房扃室中也!

一种生黄香,亦从枯肿朽痈中,取其脂凝脉结、嫩而未成者。余尝过三吴白下❹,遍收筐箱中,盖面大块,与粤客自携者,甚有大根株,尘封如土,皆留意觅得,携归,与

※ 注 释 ※

❶ 氍毹:(tà dēng):毛毯。
❷ 鼻观:鼻孔,这里指嗅觉。
❸ 蕊珠:即蕊珠宫,道教经典中所说的仙宫。
❹ 三吴:说法不一,晋时指吴兴、吴郡、会稽;唐时指吴兴、吴郡、丹阳;宋时指苏州、常州、湖州。或泛指长江下游一带。

姬为晨夕清课,督婢子手自剥落,或斤许仅得数钱,盈掌者仅削一片,嵌空镂剔,纤悉不遗,无论焚蒸,即嗅之,味如芳兰,盛之小盘层撞中❶,色殊香别,可弄可餐。曩曾以一二示粤友黎美周,讶为何物,何从得如此精妙?即蔚宗传中恐未见耳❷。又东莞以女儿香为绝品,盖土人拣香,皆用少女。女子先藏最佳大块,暗易油粉,好事者复从油粉担中易出。余曾得数块于汪友处,姬最珍之。

余家及园亭,凡有隙地,皆植梅,春来早夜出入,皆烂漫香雪中。姬于含蕊时,先相枝之横斜与几上军持相受❸,或隔岁便芟剪得宜,至花放恰采入供。即四时草花竹叶,无不经营绝慧,领略殊清,使冷韵幽香,恒霏微于曲房斗室❹,至秾艳肥红,则非其所赏也。秋来犹耽晚菊,即去秋病中,客贻我"剪桃红"❺,花繁而厚,叶碧如染,浓条

※ 注 释 ※

❶ 小盘层撞:由几层小盘组合成的香盒。
❷ 蔚宗:《后汉书》作者范晔的字,他所作《后汉书》采用了多家史书。这里是说奇香在文献中没有记载。
❸ 军持:源于梵语,净瓶或澡罐,僧人游方时携带储水,用以饮用或净手。这里指用以插梅枝的花瓶。
❹ 霏微:飘溢弥漫。
❺ 剪桃红:名贵的菊花品种之一。

婀娜，枝枝具云罨风斜之态。姬扶病三月，犹半梳洗，见之甚爱，遂留榻右，每晚高烧翠蜡，以白团回六曲❶，围三面，设小座于花间，位置菊影，极其参横妙丽。始以身入，人在菊中，菊与人俱在影中。回视屏上，顾余曰："菊之意态尽矣，其如人瘦何？"至今思之，淡秀如画。

闺中蓄春兰九节及建兰，自春徂秋❷，皆有三湘七泽之韵❸，沐浴姬手，尤增芳香。《艺兰十二月歌》❹，皆以碧笺手录黏壁。去冬姬病，枯萎过半。楼下黄梅一株，每腊万花，可供三月插戴。去冬姬移居香俪园静摄❺，数百枝不生一蕊，惟听五鬣涛声❻，增其凄响而已。

姬最爱月，每以身随升沉为去住。夏纳凉小苑，与幼

※ 注释 ※

❶ 白团：团扇。

❷ 徂（cú）：及、至。

❸ 三湘：湖南湘乡、湘潭、湘阴合称"三湘"，这里泛指湘江流域及洞庭湖地区。七泽：相传古时楚有七处沼泽，后以"七泽"泛称楚地诸湖泊。《楚辞》中关于兰花的描写多以湘、楚之地为背景，这里即指兰花的美好。

❹ 艺兰：种植兰花。

❺ 摄：保养身体。

❻ 五鬣（liè）涛声：鬣，这里指松针状如马鬣，五鬣即松树。五鬣涛声即松涛声。

儿诵唐人咏月及流萤纨扇诗,半榻小几,恒屡移以领月之四面。午夜归阁,仍推窗延月于枕簟间,月去复卷幔倚窗而望。语余曰:"吾书谢希逸《月赋》❶,古人'厌晨欢,乐宵宴',盖夜之时逸,月之气静,碧海青天,霜缟冰净,较赤日红尘,迥隔仙凡。人生攘攘,至夜不休,或有月未出已齁睡者❷,桂华露影,无福消受。与子长历四序,娟秀浣洁,领略幽香,仙路禅关❸,于此静得矣。"李长吉诗云❹:"月漉漉,波烟玉。"姬每诵此三字,则反复回环,日月之精神气韵光景,尽于斯矣。人以身入波烟玉世界之下,眼如横波,气如湘烟,体如白玉,人如月矣,月复似人,是一是二,觉贾长江"倚影为三"之语尚赘❺,至"淫耽""无厌""化蟾"之句,则得玩月三昧矣。

※ 注释 ※

❶ 谢希逸:即南朝文学家谢庄,希逸是其字,能文章,善诗赋。《月赋》为其名作,下文"厌晨欢,乐宵宴"为其中文句。

❷ 齁(hōu)睡:鼾睡。

❸ 仙路禅关:指登仙的路,比喻意境美好,犹如仙境。

❹ 李长吉:唐代诗人李贺,长吉是其字,其诗意境新奇瑰丽,独树一帜。"月漉漉,波烟玉"为其诗作《月漉漉篇》中句。

❺ 贾长江:唐诗人贾岛,曾为长江主簿,故称"贾长江"。"倚影为三""淫耽""无厌""化蟾"等都是其诗《玩月》中词句。

姬性淡泊，于肥甘一无嗜好。每饭，以芥茶一小壶温淘，佐以水菜、香豉数茎粒，便足一餐。余饮食最少，而嗜香甜及海错风薰之味，又不甚自食，每喜与宾客共赏之。姬知余意，竭其美洁，出佐盘盂，种种不可悉记，随手数则，可睹一斑也。

酿饴为露❶，和以盐梅，凡有色香花蕊，皆于初放时采渍之。经年香味、颜色不变，红鲜如摘，而花汁融液露中，入口喷鼻，奇香异艳，非复恒有。最娇者为秋海棠露。海棠无香，此独露凝香发。又俗名断肠草，以为不食，而味美独冠诸花。次则梅英、野蔷薇、玫瑰、丹桂、甘菊之属。至橙黄、橘红、佛手、香橼，去白缕丝，色味更胜。酒后出数十种，五色浮动白瓷中，解酲消渴❷，金茎仙掌❸，难与争衡也。

取五月桃汁、西瓜汁，一穰一丝漉尽，以文火煎至七八分，始搅糖细炼。桃膏如大红琥珀，瓜膏可比金丝内

※ 注释 ※

❶ 酿饴：饴糖之类的调味品。
❷ 解酲(chéng)：解酒醉。
❸ 金茎仙掌：汉武帝迷信神仙，于建章宫筑神明台，立铜仙人舒掌捧铜盘承接甘露。金茎仙掌即指此。

糖。每酷暑,姬必手取汁示洁,坐炉边,静看火候成膏,不使焦枯,分浓淡为数种,此尤异色异味也。制豉,取色取气先于取味,豆黄九晒九洗为度,颗瓣皆剥去衣膜,种种细料,瓜杏姜桂,以及酿豉之汁,极精洁以和之。豉熟擎出,粒粒可数,而香气醰色殊味,迥与常别。红乳腐烘蒸各五六次,内肉既酥,然后削其肤,益之以味,数日成者,绝胜建宁三年之蓄❶。他如冬春水盐诸菜,能使黄者如蜡,碧者如苔。蒲藕笋蕨、鲜花野菜、枸蒿蓉菊之类,无不采入食品,芳旨盈席。火肉久者无油,有松柏之味。风鱼久者如火肉❷,有麂鹿之味。醉蛤如桃花,醉鲟骨如白玉,油鲳如鲟鱼,虾松如龙须,烘兔酥雉如饼饵,可以笼而食之。茵脯如鸡堫❸,腐汤如牛乳。细考之食谱,四方郇厨中一种偶异❹,即加访求,而又以慧巧变化为之,莫不异妙。

※ 注释 ※

❶ 建宁:指物产丰富的福建建宁县。

❷ 火肉:火腿肉。

❸ 鸡堫(zōng):一种可食用的菌类。

❹ 郇(xún)厨:唐代韦陟好美食,厨中多美味珍馐,因其袭封郇国公,故称善治美食者为"郇厨"。

甲申三月十九日之变❶,余邑清和望后❷,始闻的耗。邑之司命者甚懦❸,豺虎狰狞踞城内,声言焚劫,郡中又有兴平兵四溃之警❹。同里绅衿大户,一时鸟兽骇散,咸去江南。余家集贤里,世恂让❺,家君以不出门自固。阅数日,上下三十馀家,仅我灶有炊烟耳。老母、荆人惧,暂避郭外,留姬侍余。姬扃内室,经纪衣物、书画、文券,各分精粗,散付诸仆婢,皆手书封识。群横日劫,杀人如草,而邻右人影落落如晨星,势难独立,只得觅小舟,奉两亲,挈家累,欲冲险从南江渡澄江北。一黑夜六十里,抵泛湖州朱宅,江上已盗贼蜂起,先从间道微服送家君从靖江行,夜半,家君向余曰:"途行需碎金,无从办。"余向姬索之,姬出一布囊,自分许至钱许,每十两可数百小块,皆

※ 注 释 ※

❶ 甲申三月十九日之变:指崇祯十七年(1644)三月十九日,李自成攻入北京,崇祯帝缢死于煤山(今景山)。
❷ 邑:县。清和望后:清和,农历四月的俗称,清和望后即农历四月十五日之后。
❸ 司命:星官名,这里指地方官吏。
❹ 兴平兵:指兴平伯高杰率领的军兵。高杰,陕西米脂人,明末随李自成起义,后降明。崇祯十七年,福王封高杰为兴平伯,列为四镇之一,抗击清军,后在睢州为叛将许定国所杀。
❺ 恂让:通达谦让。

小书轻重于其上，以便仓卒随手取用。家君见之，讶且叹，谓姬何暇精细及此！

维时诸费较平日溢十倍尚不肯行❶，又迟一日，以百金雇十舟，百馀金募二百人护舟。甫行数里，潮落舟胶，不得上。遥望江口，大盗数百人据六舟为犄角，守隘以俟。幸潮落，不能下逼我舟。朱宅遣有力人负浪踏水驰报曰："后岸盗截归路，不可返，护舟二百人中且多盗党。"时十舟哄动，仆从呼号垂涕。余笑指江上众人曰："余三世百口咸在舟。自先祖及余祖孙父子，六七十年来居官居里，从无负心负人之事，若今日尽死盗手，葬鱼腹，是上无苍苍，下无茫茫矣！潮忽早落，彼此舟停不相值，便是天相。尔辈无恐，即舟中敌国，不能为我害也。"先夜拾行李登舟时，思大江连海，老母幼子，从未履此奇险，万一阻石尤❷，欲随路登岸，何从觅舆辆？三鼓时以二十金付沈

※ 注 释 ※

❶ 维时：当时。
❷ 石尤：即石尤风，据元伊世珍《琅嬛记》引《江湖纪闻》载，有商人尤某娶石氏女，情好甚笃。后来尤某远行不归，石氏思念成疾，临死前叹道："吾恨不能阻其行，以至于此，今凡有商旅远行，吾当作大风为天下妇人阻之。"后因称逆风、顶头风为"石尤风"。

姓人,求雇二舆一车、夫六人。沈与众咸诧异笑之,谓:"明早一帆,未午便登彼岸,何故黑夜多此难寻无益之费?"倩榜人募舆夫,观者绝倒。余必欲此二者,登舟始行,至斯时虽神气自若,然进退维谷,无从飞脱,因询出江未远果有别口登岸通泛湖洲者?舟子曰:"横去半里,有小路六七里,竟通彼。"余急命鼓楫至岸,所募舆车三事,恰受俯仰七人❶。馀行李婢妇,尽弃舟中。顷刻抵朱宅,众始叹余之夜半必欲水陆兼备之为奇中也❷。大盗知余中遁,又朱宅联络数百人为余护发行李人口。盗虽散去,而未厌其志,恃江上法网不到,且值无法之时,明集数百人,遣人谕余以千金相致,否则竟围朱宅,四面举火。余复笑答曰:"盗愚甚,尔不能截我于中流,乃欲从平陆数百家中火攻之,安可得哉?"然泛湖洲人,名虽相卫,亦多不轨。余倾囊召阖庄人付之。令其夜设牲酒,齐心于庄外,备不虞❸。数百人饮酒分金,咸去他所,余即于是夜,一手

※ 注释 ※

❶ 俯仰:仓促应付。
❷ 奇中:意想不到地说准、猜中。
❸ 不虞:这里指意料不到的祸事。

扶老母,一手曳荆人,两儿又小,季甫生旬日,同其母付一信仆偕行,从庄后竹园深箐中蹒跚出❶。维时更无能手援姬,余回顾姬曰:"汝速蹴步❷,则尾余后,迟不及矣!"姬一人颠连趋蹶,仆行里许,始仍得昨所雇舆辆,星驰至五鼓,达城下,盗与朱宅之不轨者未知余全家已去其地也。然身脱而行囊大半散矣,姬之珍爱尽失焉。姬返舍谓余:当大难时,首急老母,次急荆人、儿子、幼弟为是。彼即颠连不及,死深箐中无憾也。午节返吾庐,衽金革与城内枭獍为伍者十旬❸,至中秋,始渡江入南都❹。别姬五阅月,残腊乃回,挈家随家君之督漕任❺,去江南,嗣寄居盐官。因叹姬明大义、达权变如此,读破万卷者有是哉?

乙酉流寓盐官,五月复值崩陷❻,余骨肉不过八口,去

※ 注释 ※

❶ 箐(qìng):大竹林。

❷ 蹴(cù)步:迈步追随。

❸ 衽(rèn)金革:以兵器、甲胄为卧具。形容时刻保持警惕,准备迎敌。枭獍(xiāo jìng):传说中生而食母、食父的鸟兽,比喻忘恩负义之人。

❹ 南都:李自成攻占北京后,马士英拥立福王在南京建立南明政权,称南都。

❺ 督漕任:管理催征赋税、出纳钱粮、办理上供以及漕运等事的官职。

❻ 崩陷:乙酉年(1645)五月,即清顺治二年、南明弘光元年,清军攻破南都,又进入江浙。

夏江上之累,缘仆妇杂沓奔赴,动至百口,又以笨重行李四塞舟车,故不能轻身去。且来窥睍❶,此番决计置生死于度外,扃户不他之❷。乃盐官城中❸,自相残杀,甚哄,两亲又不能安,复移郭外大白居。余独令姬率婢妇守寓,不发一人一物出城,以贻身累。即侍两亲、挈妻子流离,亦以孑身往❹。乃事不如意,家人行李纷沓违命而出。大兵迫檇李❺,薙发之令初下❻,人心益皇皇。家君复先去惹山❼,内外莫知所措,余因与姬决:"此番溃散,不似家园,尚有左右之者,而孤身累重,与其临难舍子,不若先为之地。我有年友,信义多才,以子托之,此后如复相见,当结平生欢,否则,听子自裁,毋以我为念。"姬曰:"君言善。举室皆倚君为命,复命不自君出,君堂上膝下,有百

※ 注释 ※

❶ 窥睍(jiàn):窥探揣摩别人心意。睍,窥视,侦伺。这里指作者暗自考虑时势。

❷ 不他之:不去别处,这里指闭门自守而不逃难往别处。

❸ 乃:连词,表示转折。然而,可是。

❹ 孑身:独身,单身,这里指不带行李,轻身前往。

❺ 檇(zuì)李:古地名,在今浙江嘉兴。

❻ 薙(tì)发:剃发。薙,同"剃"。

❼ 惹山:在嘉兴境内。

倍重于我者，乃以我牵君之臆，非徒无益而又害之。我随君友去，苟可自全，誓当匍匐以俟君回❶；脱有不测❷，前与君纵观大海，狂澜万顷，是吾葬身处也！"方命之行，而两亲以余独割姬为憾，复携之去。自此百日，皆展转深林僻路、茅屋渔艇。或月一徙，或日一徙，或一日数徙，饥寒风雨，苦不具述。卒于马鞍山遇大兵❸，杀掠奇惨，天幸得一小舟，八口飞渡，骨肉得全，而姬之惊悸瘁瘏❹，至矣尽矣！

四

秦溪蒙难之后，仅以俯仰八口免。维时，仆婢杀掠者几二十口，生平所蓄玩物及衣贝，靡孑遗矣。乱稍定，匍匐入城，告急于诸友，即襆被不办❺。夜假荫于方坦庵

※ 注释 ※

❶ 匍匐：尽力。
❷ 脱：连词。假使，万一。
❸ 马鞍山：指江苏昆山境内的马鞍山。
❹ 瘁瘏(tú)：劳累疲病。
❺ 襆(fú)被：铺盖卷，行李。

年伯❶。方亦窜迹初回,仅得一毡,与三兄共裹卧耳房。时当残秋,窗风四射。翌日,各乞斗米束薪于诸家,始暂迎二亲及家累返旧寓,余则感寒,痢疟沓作矣。横白板扉为榻,去地尺许,积数破絮为卫,炉煨桑节,药缺攻补。且乱阻吴门,又传闻家难剧起❷,自重九后溃乱沉迷,迄冬至前僵死,一夜复苏,始得间关破舟,从骨林肉莽中,冒险渡江。犹不敢竟归家园,暂栖海陵。阅冬春百五十日,病方稍痊。此百五十日,姬仅卷一破席,横陈榻旁,寒则拥抱,热则披拂,痛则抚摩。或枕其身,或卫其足,或欠伸起伏,为之左右翼,凡病骨之所适,皆以身就之。鹿鹿永夜❸,无形无声,皆存视听。汤药手口交进,下至粪秽,皆接以目鼻,细察色味,以为忧喜。日食粗粝一餐,与吁天稽首外❹,惟跪立我前,温慰曲说,以求我之破颜。余病失常性,时

※ 注释 ※

❶ 假荫:借住。方坦庵:即方拱乾(1596—1667),初名若策,字肃之,号坦庵,安徽桐城人。明崇祯元年进士,入清后官至少詹。顺治十四年(1657),因其第五子方章钺以"南闱科场案"获罪,父子兄弟同戍宁古塔。
❷ 家难剧起:指当年底(1645)作者家乡如皋的明遗民暴乱,后被清军镇压。
❸ 鹿鹿:忙碌。
❹ 吁天稽首:向上天呼冤祈祷。

发暴怒,诟谇三至❶,色不少忤,越五月如一日。每见姬星靥如蜡❷,弱骨如柴,吾母太恭人及荆妻怜之感之,愿代假一息。姬曰:"竭我心力,以殉夫子。夫子生而余死犹生也;脱夫子不测,余留此身于兵燹间❸,将安寄托?"更忆病剧时,长夜不寐,莽风飘瓦。盐官城中,日杀数十百人,夜半鬼声啾啸,来我破窗前,如蛩如箭❹。举室饥寒之人,皆辛苦䠞睡,余背贴姬心而坐,姬以手固握余手,倾耳静听,凄激荒惨,欷歔流涕。姬谓余曰:"我入君门整四岁,早夜见君所为,慷慨多风义,毫发几微,不邻薄恶❺,凡君受过之处,惟余知之亮之,敬君之心,实逾于爱君之身,鬼神赞叹畏避之身也。冥漠有知,定加默佑。但人生身当此境,奇惨异险,动静备历,苟非金石,鲜不销亡!异日幸生还,当与君敝屣万有❻,逍遥物外,慎毋忘此际此语!"噫吁

※ 注释 ※

❶ 诟谇(gòu suì):辱骂。

❷ 星靥(yè):有明媚酒窝的面容。

❸ 兵燹(xiǎn):战火。

❹ 蛩(qióng):蟋蟀,这里指凄凉的虫鸣。箭:箭风,这里指向人直射的隙风。

❺ 不邻薄恶:即使只是稍不淳厚的小恶之人,也不与之往来。

❻ 敝屣(xǐ):破烂的鞋子,这里指将万物(即万有)视同敝屣。

嘻！余何以报姬于此生哉！姬断断非人世凡女子也。

丁亥,谗口铄金❶,太行千盘,横起人面,余胸坟五岳,长夏郁蟠❷,惟早夜焚二纸告关帝君。久抱奇疾,血下数斗,肠胃中积如石之块以千计。骤寒骤热,片时数千语,皆首尾无端,或数昼夜不知醒。医者妄投以补,病益笃,勺水不入口者二十馀日,此番莫不谓其必死,余心则炯炯然,盖余之病不从境入也❸。姬当大火铄金时,不挥汗,不驱蚊,昼夜坐药炉傍,密伺余于枕边足畔六十昼夜,凡我意之所及与意之所未及,咸先后之。己丑秋,疽发于背,复如是百日。余五年危疾者三,而所逢者皆死疾,惟余以不死待之,微姬力❹,恐未必能坚以不死也。今姬先我死,而永诀时惟虑以伊死增余病,又虑余病无伊以相待也,姬之生死为余缠绵如此,痛哉痛哉！

余每岁元旦,必以一岁事卜一签于关帝君前。壬午名

※ 注 释 ※

❶ 谗口铄(shuò)金：谗言能熔化金属,这里指顺治四年(即丁亥年,公元1647年)江南明朝遗民多次起兵反清,作者也遭人诬陷毁谤。
❷ 郁蟠：曲折幽深貌,这里指心情郁结苦闷。
❸ 不从境入：境,外界环境。这里指作者认为自己的病来自心情的抑郁。
❹ 微：无,没有。

心甚剧❶，祷看签首第一字，得"忆"字，盖"忆昔兰房分半钗❷，如今忽把音信乖。痴心指望成连理，到底谁知事不谐"。余时占玩不解，即占全词，亦非功名语。比遇姬，清和晦日，金山别去，姬茹素归，虔卜于虎嶰关帝君前，愿以终身事余，正得此签。秋过秦淮，述以相告，恐有不谐之叹，余闻而讶之，谓与元旦签合。时友人在坐，曰："我当为尔二人合卜于西华门。"❸则仍此签也。姬愈疑惧，且虑余见此签中懈，忧形于面，乃后卒满其愿。"兰房""半钗""痴心""连理"，皆天然闺阁中语，"到底""不谐"，则今日验矣。嗟呼！余有生之年，皆长相忆之年也。"忆"字之奇，呈验若此！

姬之衣饰尽失于患难，归来淡足❹，不置一物。戊子七夕❺，看天上流霞，忽欲以黄跳脱摹之❻，命余书"乞巧"

※ 注释 ※

❶ 名心：求功名之心。壬午指崇祯十五年(1642)。
❷ 兰房：即香闺，旧时妇女所居之室。分半钗：钗多为两股，分钗多指夫妻离别，这里指作者与董小宛当初定情后分别时以分钗为盟。
❸ 西华：道教仙宫名。这里指可求签占卜的道观。
❹ 淡足：恬淡知足。
❺ 戊子：清顺治五年(1648)。七夕：农历七月七日之夕。民间传说，牛郎织女每年此夜在天河相会，旧俗妇女于此夜在庭院中进行乞巧活动。
❻ 跳脱：手镯、腕钏类的首饰。

二字,无以属对,姬云:"曩于黄山巨室,见覆祥云真宣炉,款式佳绝,请以'覆祥'对'乞巧'。"镌摹颇妙。越一岁,钏忽中断,复为之,恰七月也,余易书"比翼""连理"❶。姬临终时,自顶至踵,不用一金珠纨绮,独留跳脱不去手,以余勒书故。长生私语❷,乃太真死后❸,凭洪都客述寄明皇者❹,当日何以率书,竟令《长恨》再谱也!

姬书法秀媚,学钟太傅稍瘦,后又学《曹娥》。余每有丹黄,必对泓颖❺,或静夜焚香,细细手录。闺中诗史成帙,皆遗迹也。小有吟咏,多不自存。客岁新春二日❻,即为余抄选《全唐五七言绝句》上下二卷,是日偶读七岁女

※ 注 释 ※

❶ 易书:重新书写。

❷ 长生私语:白居易《长恨歌》:"七月七日长生殿,夜半无人私语时。在天愿作比翼鸟,在地愿为连理枝。"即指七夕之夜,唐明皇与杨贵妃曾在长生殿窃窃情话。作者在董小宛手镯上书写的"比翼""连理"与此诗暗合。

❸ 太真:杨贵妃曾入道观,号"太真"。

❹ 洪都客:《长恨歌》云:"悠悠生死别经年,魂魄不曾来入梦。临邛道士鸿都客,能以精诚致魂魄。"洪都即鸿都,指长安,洪都客即为唐明皇招杨贵妃之魂的道士。

❺ 泓颖:当为"泓颖",唐韩愈《毛颖传》中有虚拟人物陶泓、毛颖,暗指砚台和毛笔,后遂以泓颖借指笔砚。

❻ 客岁:去年。

子"所嗟人异雁,不作一行归"之句❶,为之凄然下泪。至夜,和成八绝,哀声怨响,不堪卒读。余挑灯一见,大为不怿❷,即夺之焚去,遂失其稿。伤哉异哉！今岁恰以是日长逝也。

客春三月❸,欲重去盐官,访患难相恤诸友。至邗上❹,为同社所淹。时余正四十,诸名流咸为赋诗,龚奉常独谱姬始末❺,成数千言,《帝京篇》《连昌宫》不足比拟❻。奉常云："子不自注,则余苦心不见。如'桃花瘦尽春醒面'七字,绾合己卯醉晤❼、壬午病晤两番光景,谁则知者？"余时应之,未即下笔。他如园次之"自昔文人称孝

※ 注释 ※

❶ 引诗为唐七岁女子所作《送兄(武后召见,令赋送兄诗,应声而就)》诗中之句。

❷ 不怿(yì)：不高兴。

❸ 客春：指顺治七年(1650)春天。

❹ 邗(hán)上：邗,古地名,在江苏扬州东北。又扬州与淮安间有古运河邗水。邗上即指扬州邗水一带。

❺ "龚奉常"句：指龚鼎孳所作《金闺行为辟疆赋》一诗。

❻ 《帝京篇》：唐太宗李世民作有五言古诗《帝京篇》十首,同时的诗人骆宾王也作有五古长诗《帝京篇》。《连昌宫》：唐诗人元稹作有《连昌宫词》。这些都是前代著名的长篇诗作,作者用以比拟龚鼎孳所作诗。

❼ 绾(wǎn)合：联结,契合。

子,果然名士悦倾城"❶、于皇之"大妇同行小妇尾"❷、孝威之"人在树间殊有意,妇来花下却能文"❸、心甫之"珊瑚架笔香印黡,著富名山金屋尊"、仙期之"锦瑟峨眉随分老,芙蓉园上万花红"、仲谋之"君今四十能高举,羡尔鸿妻佐春杵"、吾邑徂徕先生"韬藏经济一巢朴,游戏莺花两阁和"、元旦之"蛾眉问难佐书帏",皆为余庆得姬,讵谓我侑卮之辞❹,乃姬誓墓之状邪❺?读余此杂述,当知诸公之诗之妙,而去春不注奉常诗,盖至迟之今日,当以血泪和糜隃也❻。

※ 注释 ※

❶ 园次:清初文学家吴绮(1619—1694),字园次,号听翁、丰南,时称红豆词人,江都(今属江苏扬州)人。顺治拔贡,官湖州知府。骈文学李商隐,亦能诗词,并有戏曲创作。有《林蕙堂集》等。

❷ 于皇:清初诗人杜濬(1611—1687),原名诏先,字于皇,号茶村。黄冈(今属湖北)人。明崇祯时太学生,明亡后,寓居江宁。其诗法杜甫,尤长五律,风格浑厚。有《变雅堂集》。

❸ 孝威:清初诗人邓汉仪(1617—1689),字孝威,号旧山,别署旧山梅农、钵叟。江南泰州(今属江苏)人。康熙十八年(1679)举博学宏词不第,以年老授内阁中书回籍。生平喜远游,著有诗作《淮阴集》《过岭集》《濠梁集》《燕台集》《甬东集》等。

❹ 侑卮(yòu zhī):劝酒助兴。卮,酒杯。

❺ 誓墓:在墓前发誓。这里指作者哀悼亡姬。

❻ 糜隃:当作"隃糜",古县名,以产墨著称,后世因借指墨或墨迹。

三月之杪[1],余复移寓友沂"友云轩"。久客卧雨,怀家正剧,晚霁,龚奉常偕于皇、园次过慰留饮,听小奚管弦度曲[2],时余归思更切,因限韵,各作诗四首。不知何故,诗中咸有商音[3]。三鼓别去,余甫着枕,便梦还家,举室皆见,独不见姬。急询荆人,不答。复遍觅之,但见荆人背余下泪。余梦中大呼,曰:"岂死耶?"一恸而醒。姬每春必抱病,余深疑虑,旋归,则姬固无恙,因间述此相告。姬曰:"甚异!前亦于是夜梦数人强余去,匿之幸脱,其人尚猖猖不休也。"讵知梦真而诗谶咸来先告哉[4]?

※ 注 释 ※

[1] 杪(miǎo):尽头,月杪即月末。
[2] 小奚:小男仆。
[3] 商音:五音之一,其声悲凉哀怨。
[4] 诗谶(chèn):指所作诗无意中预示了后来发生的事。

跋

巢民先生生多奇遇,而中年后屡悲死别,殆禅家所谓修福修慧,而未了愁缘者。顾色能伐性,忧能伤人,而先生独享大年❶,其以色寿者欤?抑以忧延龄者欤?癸巳秋日,震泽杨复吉识❷。

※ 注 释 ※

❶ 大年:指年寿长。
❷ 震泽:今属江苏苏州。杨复吉(1747—1820):字列欧,一字列侯,号梦兰。清藏书家、学者、散文家。

香畹楼忆语　陈裴之

※ 注释 ※

❶ 陈裴之(1794—1826):清代诗人。字孟楷,号小云,别号朗玉山人。钱塘(今属浙江杭州)人。清代著名诗人陈文述之子。诸生,曾于地方官员幕中治水利,后选云南府通判,因道远不往,未几病卒。擅诗文,著有《澄怀堂集》十四卷。本文是陈裴之为悼念其亡妾王子兰(即文中紫姬、紫湘)而作,收入其汇编家人亲友悼念紫湘的哀词题咏及其旧作《梦玉词》而成的《湘烟小录》一书中。本书选此文,原《湘烟小录》序跋等略去,仅选陈裴之妻汪端《紫姬哀词》一篇附录于后。

丁丑冬朔❶,家大人自崇疆受代归❷,筹海积劳,抱恙甚剧。太夫人扶病侍疾,自冬徂春,衣不解带。参术无灵,群医束手。余时新病甫起,乃泣祷于白莲桥华元化先生祠❸,愿减己算,以益亲年;闺人允庄复于慈云大士前❹,誓愿长斋绣佛,并偕余日持《观音经》若干卷,奉行众善。乃荷元化先生赐方四十九剂,服之病始次第愈。自此夫妇异处者四年。允庄方选明诗,复得不寐之疾,左灯右茗,夜手一编,每至晨鸡喔喔,犹未就枕。自虑心耗体孱,不克仰事俯育。常致书其姨母高阳太君、嫂氏中山夫人,为余访置篯室❺。余坚却之。嗣知吴中湘雨、伫云、兰语楼诸姬,皆有愿为夫子妾之意,历请堂上为余纳之,余固

※ 注释 ※

❶ 丁丑:指嘉庆二十二年,公元1817年。
❷ 家大人:指作者陈裴之的父亲、清诗人陈文述(1771—1843),原名文杰,字云伯,号退盦,浙江钱塘(今杭州)人。嘉庆举人。官繁昌知县等,曾开伊娄古故道。有《碧城仙馆诗钞》《颐道堂集》《西泠怀古集》。受代:旧时称官吏任满由新官代替为受代。
❸ 华元化:即东汉末年医学家华佗,字元化。
❹ 允庄:即作者陈裴之之妻子、清女作家汪端(1793—1839),字允庄,号小韫。浙江钱塘人。著有《自然好学斋诗钞》,编有《明三十家诗选》初、二两集,又有小说《元明逸史》。慈云大士:指观世音菩萨。
❺ 篯(zào)室:旧时称妾。

以为不可。盖大人乞禄养亲,怀冰服政❶,十年之久,未得真除❷,相依为命者千馀指,待以举火者数十家❸。重亲在堂❹,年逾七秩,恒有世途荆棘、宦海波澜之感。余四蹋槐花❺,辄成康了❻,方思投笔,以替仔肩。满堂兮美人,独与余兮目成❼。射工伺余❽,固不欲冒此不韪。且绿珠碧玉❾,徒侈艳情,温清定省❿,孰能奉吾老母者?采兰树

※ 注 释 ※

❶ 怀冰:比喻高洁,这里指为官清廉。

❷ 真除:官员试守期满,被实授官职称"真除"。文中指作者父亲仕途不顺。

❸ "相依"两句:指依靠作者父亲供养的有数十家、百馀口人。

❹ 重亲:指作者的祖父母。

❺ 四蹋槐花:举子应试献上新作时,正值槐花开放,蹋槐花即应科举试。这里指作者四次应试。

❻ 康了:据《说郛》引宋范正敏《遯斋闲览》,秀才柳冕因忌讳"乐"字与"落第"之"落"字同音,故"安乐"便读成"安康"。应试发榜后,秀才问前去看榜的仆人自己是否中举,仆人回道:"秀才康了也。"后人因以"康了"作为"落第"的隐语。这里指作者四次应试皆不中。

❼ "满堂"两句:出自屈原《九歌·大司命》:"满堂兮美人,忽独与余兮目成。"谓众多美人偏偏中意于作者。

❽ 射工:传说的毒虫名。

❾ 绿珠:西晋石崇的爱妾,石崇被逮后坠楼自尽。碧玉:南朝宋汝南王妾。这里借指美艳但不能侍奉双亲的女子。

❿ 温清(qìng):指冬天温被使暖,夏天扇席使凉。清,凉。定省:子女早晚向亲长问安。温清、定省均为侍奉父母之礼。

萱❶,此事固未容草草也。

　　金陵有停云主人者,红妆之季布也❷。珍其弱息❸,不异掌珠。谬采虚声,愿言倚玉❹,申丈白甫❺,暨晴梁太史,为宣芳悃。余复赋诗谢之曰❻:

　　肯向天涯托掌珠,含光佳侠意何如？桃花扇底人如玉,珍重侯生一纸书❼。

※ 注释 ※

❶ 采兰:指供养父母。树萱,古称母亲居室为"萱堂",后因以"萱"为母亲或母亲居处的代称,树萱即指奉养母亲。采兰树萱即指娶妻侍奉母亲。

❷ 季布:汉初楚人,本为楚地著名的"游侠",重信诺,当时有"得黄金百斤,不如得季布一诺"之语。这里喻指停云主人为女子中的守信侠士。

❸ 弱息:女儿。

❹ 倚玉:指高攀或亲附贤者。这里指停云主人欲将女儿嫁与作者。

❺ 丈:对长辈的尊称,这里指受停云主人之托向作者转达攀亲意愿的申白甫。

❻ 谢:拒绝。

❼ 侯生:指明末清初文学家侯方域。侯方域(1618—1655),字朝宗,河南商丘人。明末与方以智、陈贞慧、冒襄齐名,称"四公子"。入清后曾应河南乡试,中副榜,并为清总督出谋献策。能诗文。所著有《壮悔堂文集》《四忆堂诗集》。清传奇剧本《桃花扇》记叙了他与秦淮名妓李香君之间的悲欢离合。

新柳雏莺最可怜,怕成薄幸杜樊川❶。重来纵践看花约,抛掷春光已十年。

生平知己属明妆,争讶吴儿木石肠❷。孤负画兰年十五,又传消息到王昌❸。

催我空江打桨迎,误人从古是浮名。当筵一唱琴河曲,不解梅村负玉京❹。

白门杨柳暗栖鸦,别梦何尝到谢家❺。惆怅郁金堂外路❻,西风吹冷白莲花。

※ 注释 ※

❶ 杜樊川:唐诗人杜牧,有《樊川文集》,其《遣怀》诗云:"十年一觉扬州梦,赢得青楼薄幸名。"这里作者自比杜牧,称薄幸。
❷ 木石肠:《晋书·夏统传》记载太尉贾充用官职、女色诱惑夏统,"统危坐如故,若无所闻",充曰"此吴儿,是木人石心也。"此亦作者自比。
❸ 王昌:人名,唐人诗中常用以作为薄情男子代称。
❹ "不解"句:梅村,明末清初著名诗人吴伟业(号梅村);玉京,秦淮名妓卞玉京。玉京曾以身许吴,吴负之。
❺ 谢家:相传唐李德裕有妾名谢秋娘,李德裕以华屋贮之。后人因以谢家称闺房。五代张泌《寄人》诗云:"别梦依依到谢家,小廊回合曲阑斜。"
❻ 郁金堂:指女子芳香高雅的居室。这里作者写谢家、郁金堂的冷清,以表明自己的薄情。

此诗流传,为紫姬见之,激扬赞叹。絮果兰因❶,于兹始苣矣。

孟陬下浣❷,将游淮左。道出秣陵,初见紫姬于纫秋水榭。时停云娇女幼香将有所适❸,仲澜骑尉招与偕来。余与紫姬相见之次,画烛流辉,玉梅交映,四目融视,不发一言。仲澜回顾幼香,笑述《董青莲传》中语曰:"主宾双玉有光,所谓月流堂户者,非耶?"❹余量不胜蕉,姬偕坐碧梧庭院,饮以佳茗,絮絮述余家事甚悉。余讶诘之,低鬟微笑曰:"识之久矣。前读君寄幼香之作,缠绵悱恻,如不胜情。今将远嫁,此君之误也,宜赋诗以志君过。"时幼香甫歌《牡丹亭·寻梦》一出,姬独含毫蘸墨,拂楮授余❺。余亦怦然心动,振管疾书曰:

※ 注释 ※

❶ 絮果兰因:比喻作者与紫姬爱情的美好前因和离散结果。

❷ 孟陬(zōu):孟春正月。下浣(huàn):农历每月的下旬。

❸ 适:女子出嫁。

❹ "笑述"句:董青莲即明末秦淮名妓董小宛,《董青莲传》即张明弼撰《董小宛传》,其中有"相见于曲阑花下,主宾双玉有光,若月流于堂户。已而四目瞪视,不发一言"的记叙,与此处情境相似。

❺ 拂楮(chǔ):铺纸。楮,落叶乔木,其皮可制皮纸,故以之作为纸张的代称。

休问冰华旧镜台,碧云日暮一徘徊。锦书白下传芳讯,翠袖朱家解爱才❶。春水已催人早别,桃花空怨我迟来。闲繙张泌《妆楼记》❷,孤负莺期第几回?

却月横云画未成,低鬟拢鬓见分明。枇杷门巷飘灯箔❸,杨柳帘栊送笛声❹。照水花繁禁著眼,临风絮弱怕关情。如何墨会灵箫侣❺,却遣匆匆唱渭城❻。

※ 注释 ※

❶ 翠袖朱家:朱家,汉初鲁地侠士,后亦泛指侠士。翠袖朱家即女侠士之意,指停云主人。

❷ 繙(fān):翻阅。《妆楼记》:旧题南唐张泌撰,记叙唐代女子生活的笔记。

❸ 枇杷门巷:唐王建《寄蜀中薛涛校书》诗有"万里桥边女校书,枇杷花里闭门居"句(一说此诗为胡曾所作),后因称妓女所居为"枇杷门巷"。

❹ 杨柳:白居易的侍妾樊素善唱《杨枝曲》,故以曲名人。后常以杨枝、杨柳泛指侍妾婢女或所思恋的女子。帘栊:指闺阁。

❺ 灵箫侣:汉刘向《列仙传》载,春秋秦穆公女弄玉,嫁善吹箫之萧史,日就萧史学箫作凤鸣,穆公为作凤台以居之。后夫妻乘凤飞天仙去。这里指美满的婚姻。

❻ 渭城:乐府曲名。亦名《阳关》。唐王维《送元二使安西》诗:"渭城朝雨浥轻尘,客舍青青柳色新。劝君更尽一杯酒,西出阳关无故人。"后来谱入乐府,便是诗中"渭城"名曲。

如花美眷水流年❶,拍到红牙共黯然❷。不奈闲情酬浅盏,重烦纤手语香弦。堕怀明月三生梦❸,入画春风半面缘❹。消受珠栊还小坐,秋潮漫寄鲤鱼笺❺。

一蒻孤芳艳楚云,初从香国拜湘君❻。侍儿解捧红丝砚❼,年少休歌白练裙❽。桃叶微波王大令❾,杏花

※ 注释 ※

❶ "如花"句:明汤显祖《牡丹亭·惊梦》:"则为你如花美眷,似水流年,是答儿闲寻遍。在幽闺自怜。"

❷ 红牙:乐器名。檀木制的拍板,用以调节乐曲的节拍。

❸ 堕怀明月:《南史》卷八《梁元帝本纪》载,梁元帝母石氏为梁武帝采女,梦月堕怀中而孕。

❹ 半面:瞥见一面。

❺ 鲤鱼笺:书信的代称。《乐府诗集·相和歌辞十三·饮马长城窟行之一》:"客从远方来,遗我双鲤鱼。呼儿烹鲤鱼,中有尺素书。"

❻ 湘君:指湘水之神。屈原《楚辞·九歌·湘君》:"君不行兮夷犹,蹇谁留兮中洲。"

❼ 红丝砚:山东省青州市所产的红丝石琢制而成的一种名砚。

❽ 白练裙:戏曲名。明郑之文为名妓马湘兰作。

❾ "桃叶"句:相传因晋王献之(官至中书令,故称王大令)在今南京秦淮河畔送其爱妾桃叶,其送别的渡口因此得名桃叶渡。

疏雨杜司勋[1]。关心明镜团圞约[2],不信扬州月二分[3]。

姬读至末章,慨然曰:"夙闻君家重亲之慈、夫人之贤,君辄有否无可,人或疑为薄幸,此皆非能知君者。堂上、闺中终年抱恙,窥君郑重之意,欲得人以奉慈闱耳。"因即赓余诗曰:

烟柳空江拂画桡[4],石城潮接广陵潮[5]。几生修到人如玉,同听箫声廿四桥[6]。

月落乌啼,霜浓马滑,摇鞭径去,黯然魂销。

※ 注释 ※

[1] "杏花"句:杜司勋指杜牧,牧尝为司勋员外郎,故称。杜牧与妓女交往颇多,其诗有"何事明朝独惆怅,杏花时节在江南"(《寓言》)、"疏雨洗空旷,秋标惊意新"(《早秋》)等句。

[2] 团圞(luán):团聚,团圆。

[3] "不信"句:唐徐凝《忆扬州》有"天下三分明月夜,二分无赖是扬州"句,此处言扬州之好景,也间接表达了作者对紫姬的倾慕。

[4] 画桡(ráo):有画饰的船桨。

[5] "石城"句:石城,指南京,即紫姬所居之地;广陵,指扬州,即作者所居之地。这里紫姬表示属意陈裴之。

[6] 廿四桥:即二十四桥,故址在扬州江都县西郊。杜牧《寄扬州韩绰判官》诗:"二十四桥明月夜,玉人何处教吹箫?"这里也表明紫姬愿嫁与陈裴之。

湖阴独游,新绿如梦,啜茗看花,殊有春风人面之感❶。忽从申丈处得姬芳讯,倚阑循诵,纪之以诗曰:

二月春情水不如,玉人消息托双鱼❷。眼中翠嶂三生石❸,袖底金陵一纸书。寄向江船回棹后,写从妆阁上灯初。樱桃花淡宵寒浅,莫遣银屏鬓影疏。

嗣是重亲惜韩香之遇❹,闺人契胜璚之才❺,搴芳

※ 注释 ※

❶ 春风人面:用唐崔护《题都城南庄》诗意:"去年今日此门中,人面桃花相映红。人面不知何处在,桃花依旧笑春风。"
❷ 双鱼:一底一盖的鱼形木板,把书信夹在里面,常指代书信。
❸ 三生石:据唐袁郊《甘泽谣·圆观》载,唐李源与僧圆观友善,同游三峡,见妇人引汲,观曰:"其中孕妇姓王者,是某托身之所。"更约十二年后中秋月夜,相会于杭州天竺寺外。是夕观果殁,而孕妇产。及期,源赴约,闻牧童歌《竹枝词》:"三生石上旧精魂,赏月吟风不要论。惭愧情人远相访,此身虽异性长存。"源因知牧童即圆观之后身。后人附会谓杭州天竺寺后山的三生石,即李源和圆观相会之处。诗文中常用为前因宿缘的典实。
❹ 韩香:即"韩寿香",晋贾充之女午与韩寿私通,并把皇帝赐其父之外域异香赠寿。贾充发现后将女儿嫁与韩寿,见南朝宋刘义庆《世说新语·惑溺》。后因以"韩寿香"指异香或男女定情之物。这里指作者的祖辈父辈同意并重视自己与紫姬的感情。
❺ 胜璚(qióng)之才:比喻美玉一般的才华。璚,美玉。这里指妻子汪端也十分欣赏紫姬。

结缡❶，促践佳约。余曰："一面之缘，三生之诺，必秉慈命而行，庶免唐突西子。"允庄曰："昨闻诸堂上云：紫姬深明大义，非寻常金粉可比。申年丈不获与偕，蹇修之事❷，六一令君可任也。"季秋八夕，乃挂霜帆，重阳渡江。风日清美，白下诸山，皆整黛鬟迎楫矣。

六一令君将赴之江新任，闻姬父母言姬雅意属余，倩传冰语❸，因先访余于丁帘水榭，诧曰："从来名士悦倾城，今倾城亦悦名士。联珠合璧，洵非偶然。余滞燕台久矣，今自三千里外，捧檄而归，端为成此一段佳话尔。"余袖出申丈书示之，令君掀髯曰："父母之命，媒妁之言，足为蘼芜、媚香一辈人扬眉生色矣。"❹既以姬素性端重，不欲余打桨亲迎，令君乃属其夫人，与姬母伴姬乘虹月舟连樯西下。小泊瓜洲，重亲更遣以香车画鹢迎归焉。

姬同怀十人❺，长归铁岑方伯，次归天水司马，次归汝

※ 注释 ※

❶ 搴(qiān)芳结缡(xiāng)：搴芳，采摘花草；结缡：缔结佩带。指缔结姻缘。
❷ 蹇(jiǎn)修：指说合婚姻的人。
❸ 冰语：古称媒人为冰人，冰语即媒人的话。
❹ 蘼芜：指明末名妓柳如是，蘼芜是其号。媚香：指明末秦淮名妓李香君，其居所为媚香楼。
❺ 同怀十人：指紫姬的青楼姐妹。

南太守,次归清河观察,次归陇西参军,次归乐安氏,次归清河氏,次未字而卒,次归鸳湖大尹,姬则含苞最小枝也。蕙绸居士序余《梦玉词》曰:"闻紫姬初归君时,秦淮诸女郎,皆激扬叹羡,以姬得所归,为之喜极泪下,如董青莲故事。"渤海生《高阳台》词句有曰:"素娥青女遥相妒❶,妒婵娟最小,福慧双修。"论者皆以为实录。姬亦语余云:"饮饯之期,姻娅咸集❷。绿窗私语,佥有后来居上之叹。"❸其姊归清河氏者,为人尤放诞风流,偶与其嫂氏闰湘、玉真论及身后名,辄述李笠翁《秦淮健儿传》中语曰:"此事须让十弟,我九人无能为也。"❹两行红粉服其诙谐吐属之妙。

吴中女郎明珠,偶有相属之说。安定考功戏语申丈曰❺:

※ 注释 ※

❶ 素娥:嫦娥的别称。青女:传说中掌管霜雪的女神。唐李商隐《霜月》诗:"青女素娥俱耐冷,月中霜里斗婵娟。"

❷ 姻娅(yà):有婚姻关系的亲戚。

❸ 佥:都,皆。

❹ 李笠翁:即清戏曲理论家、作家李渔(1611—1680),字笠鸿、谪凡,号笠翁,浙江兰溪人。作有传奇《笠翁十种曲》,笔记《闲情偶寄》,短篇小说集《十二楼》《无声戏》,以及诗文集《笠翁一家言》等。《秦淮健儿传》为其所作传奇小说。

❺ 考功:官名。三国魏尚书有考功定课二曹,隋置考功郎,属吏部,掌官吏考课之事,历代因之,清末废。

"云生朗如玉山❶,所谓仙露明珠者,讵能方斯朗润耶?"❷告以姬事,考功笑曰:"十全上工,庶疗相如之渴耳!"❸盖亦知姬行十,故以此相戏云。

余朗玉山房瓶兰,先茁同心并蒂花一枝,允庄曰:"此国香之徵也。"❹因为姬营新室,署曰"香畹楼"❺,字曰"畹君"。余因赋《国香词》曰:

悄指冰瓯,道绘来情影,浣尽离愁。回身抱成双笑,竟体香收。拥髻《离骚》倦读,劝寡芳人下西洲。琴心逗眉语,叶样娉婷,花样温柔。　　比肩商略处,是兰金小篆,翠墨初钩。几番孤负,赢得薄幸红

※ 注释 ※

❶ 玉山:《晋书·裴楷传》:"楷风神高迈,容仪俊爽,博涉群书,特精理义,时人谓之'玉人',又称'见裴叔则(裴楷字)如近玉山,映照人也。'"后因以"玉山"比喻俊美的仪容。因陈裴之号朗玉,故有考功此语。

❷ 讵(jù):岂,难道。

❸ 相如:司马相如,这里喻指作者。

❹ 国香:指兰花。语出《左传·宣公三年》:"以兰有国香,人服媚之如是。"亦用以赞誉人的风采、品行。

❺ 畹:古代面积单位。或以三十亩为一畹,或以十二亩为一畹,或以三十步为一畹,说法不一。《楚辞·离骚》:"余既滋兰之九畹兮,又树蕙之百亩。"王逸注:"十二亩为畹。"这里是以生长兰花的园地喻指紫姬新居。

楼。紫凤娇衔楚佩,惹莲鸿、争妒双修❶。双修漫相妒,织锦移春,倚玉纫秋。

一时词场耆隽,如平阳太守、延陵学士、珠湖主人、桐月居士,皆有和作。畹君极赏余词,曰:"君特、叔夏❷,此为兼美。"余素不工词,吹花嚼蕊,嗣作遂多。闺人请以"梦玉"名词,且笑曰:"桃李宗师,合让扫眉才子矣。"❸

闺中之戏,恒以指上螺纹验人巧拙。俗有一螺巧之说,余左手食指,仅有一螺。紫姬归余匝月,坐绿梅窗下,对镜理妆,闺人姊妹,戏验其左手食指,亦仅一螺也。粉痕脂印,传以为奇。重闱闻之❹,笑曰:"此真可谓巧合矣!"

※ 注释 ※

❶ 莲鸿:《小山词跋》云:"沈十二廉叔、陈十君宠家有莲、鸿、蘋、云,品清讴娱客……"这里以莲、鸿泛指歌女。
❷ 君特:指南宋词人吴文英(约1212—约1272),字君特,号梦窗、觉翁,四明(今属浙江宁波)人。其词字句工丽、音律和谐,多用典故,词意晦涩。叔夏:南宋词人、词论家张炎(1248—1314后),字叔夏,号玉田、乐笑翁,临安(今浙江杭州)人。其词用字工巧,追求典雅,尤长于咏物。又从事词学研究,著有论词专著《词源》。这里紫姬以《国香词》媲美吴、张二人之作。
❸ 扫眉才子:指有文才的女子。扫眉,描画眉毛。
❹ 重闱:旧称父母或祖父母。

忆语三种

莲因女士雅慕姬名,背抚惜花小影见贻,衣退红衫子,立玉梅花下,珊珊秀影,仿佛似之。时广寒外史有《香畹楼》院本之作❶,余因兴怀本事,纪之以词曰:

省识春风面,忆飘灯、琼枝照夜,翠禽啼倦。艳雪生香花解语,不负山温水软。况密字、珍珠难换。同听箫声催打桨,寄回文大妇怜才惯。消尽了,紫钗怨。　　歌场艳赌桃花扇。买燕支、闲摹妆额,更烦娇腕。抛却鸳衾兜凤舄❷,鬌子颓云乍绾。只冰透、鸾绡谁管?记否吹笙蟾月底,劝添衣悄向回廊转。香影外,那庭院。

姬读之,笑授画册曰:"君视此影颇得神似否?"乃马月娇画兰十二帧❸,怀风抱月,秀绝尘寰。帧首题"紫君小影"

※ 注释 ※

❶ 《香畹楼》院本:指陈裴之好友彭剑南据紫姬事演绎的《香畹楼》传奇。
❷ 凤舄(xì):仙女或后妃的花鞋。
❸ 马月娇:即明女诗人、画家马湘兰(1548—1604)。名守真,小字玄儿,又字月娇,湘兰为其号。曾为南京秦淮歌妓。善画兰竹,笔墨潇洒恬雅,饶有风致。

四字，则其嫂氏闽湘手笔。是册固闽湘所藏，以姬归余为庆，临别欣然染翰，纳之女儿箱中者。余欲寿之贞珉❶，姬愀然曰："香闺韵事，恒虑为俗口描画。"余乃止。

蔻香阁狂香浩态，品为花中芍药。尝语芳波大令曰："姊妹花中如紫夫人者，空谷之幽芳也，色香品格，断推第一。天生一云公子非紫夫人不娶，而紫夫人亦非云公子不属，奇缘仙耦❷，郑重分明，实为天下银屏间人吐气❸。我辈飘花零叶，堕于藩溷也宜哉！"❹芳波每称其言，辄为叹息不置。

捧花生撰《秦淮画舫录》，以倚云阁主人为花首，此外事多失实，人咸讥之。余以公羁秣陵，仲澜招访倚云，一见辄呼余字曰："此服媚国香者也。"❺仲澜与余皆愕然。时一大僚震余名，遇事颇为所厄，后归以语姬，姬笑曰："大僚震君之名而挤君，倚云识君之字而企君，彼录定为花首也固宜。"

※ 注释 ※

❶ 寿：镌刻，镌镂。谓使之长远留存。贞珉(mín)：石刻碑铭的美称。
❷ 耦(ǒu)：配偶。
❸ 银屏间人：闺阁中人。银屏，镶银的屏风，这里代指闺阁。
❹ 藩溷(hùn)：篱笆和厕所。
❺ 服媚：谓喜爱佩带。常用以指喜爱佩带兰花，这里是作者与紫姬结为眷属之意。

余受知于彭城都转❶,请于阁部节使❷,檄理真州水利,并以库藏三十七万,责余司其出纳。余固辞不可,公愠曰:"我知子猷守兼优❸,故以相托。有所避就,未免蹈取巧之习矣。"余曰:"不司出纳,诚蹈取巧之习;苟司出纳,必蒙不肖之名。事必于私无染,而后于公有裨。此固由素性之迂拘,亦所以报明公知己之感也。"公察其无他,乃止。时自戟门归❹,已深夜,闺人方与姬坐香畹楼玩月。闺人诘知归迟之故,喜曰:"君处脂膏而不润,足以报彭城矣!"姬曰:"人浊我清,必撄众忌❺。严以持己,宽以容物,庶免牛渚之警乎!"❻余夫妇叹为要言不烦。

※ 注释 ※

❶ 受知:被器重。都转:官职名,即都转运使,明代都转运盐使司长官,掌管一省财政。
❷ 阁部节使:内阁大臣。
❸ 猷:谋略,计划。守:操守,节操。
❹ 戟门:立戟为门。古代帝王外出,在止宿处插戟为门。这里指高官显贵人家。
❺ 撄(yīng):遭受,招致。
❻ 牛渚之警:《晋书》卷六十七《温峤传》载:"(峤)至牛渚矶,水深不可测,世云其下多怪物,峤遂毁犀角而照之。须臾,见水族覆火,奇形异状,或乘马车着赤衣者。峤其夜梦人谓己曰:'与君幽明道别,何意相照也?'意甚恶之。峤先有齿疾,至是拔之,因中风,至镇未旬而卒,时年四十二。"这里是紫姬以温峤的经历劝告作者避免他人的嫉恨伤害。

余旧撰《秦淮画舫录·序》曰：

仲澜属为捧花生《秦淮画舫录》弁言，仓卒未有以应也。延秋之夕，蕊君招集兰语楼，焚香读画，垂帘鼓琴，相与低徊者久之。蕊君叩余曰："媚香往矣，《桃花扇》乐府，世艳称之，如侯生者，君以为佳偶耶？抑怨偶耶？"余曰："媚香却聘❶，不负侯生；生之出、处，有愧媚香者多矣！然则固非佳耦也。"蕊君领之。复曰："蘼芜以妹喜衣冠❷，为湘真所距❸，苟矢之曰：'风尘弱质，见屏清流，愿蹈洮

※ 注 释 ※

❶ 媚香却聘：指《桃花扇》中所载阮大铖匿名托人赠送丰厚妆奁以拉拢侯方域，被李香君知晓坚决退回一节。

❷ 妹(mò)喜衣冠：指女着男装。妹喜，人名，又作妺嬉、妹喜。有施氏之女，后为夏桀妃，喜着男装。这里指柳如是(蘼芜)着儒生服装追慕陈子龙之事。

❸ 湘真：指南明抗清将领、文学家陈子龙(1608—1647)，字卧子，号大樽。松江华亭(今上海市松江区)人。崇祯进士。曾与夏允彝等组织"几社"。南明弘光时，任兵科给事中，见朝政腐败，辞职归乡。清军破南京后，在松江起兵反抗，称监军。事败，避匿山中。又结太湖兵抗清，事泄，在苏州被捕，乘隙投水死。诗文主张继承后七子传统，有复古倾向。明亡后所作诗歌，感时伤事，悲愤苍凉，风格一变，被誉为明诗殿军。亦能词。著有《陈忠裕公全集》，编有《皇明经世文编》。湘真是以其诗词集《湘真阁存稿》称之。这里指陈子龙曾拒绝柳如是的追慕。

湖以终尔。'湘真感之,或不忍其为虞山所浼乎?"❶余曰:"此蘼芜之不幸,亦湘真之不幸也。横波侍谦❷,心识石翁❸,后亦卒为定山所误❹。坐让葛嫩、武公❺,独标大节,弥可悲已。卿不见九畹之兰乎？湘人佩之而益芳,群蚁趋之而即败,所遇殊也。如卿净洗铅华,独耽词翰,尘弃轩冕,屣视金银,驵侩下材❻,齿冷

※ 注释 ※

❶ 虞山:指明末清初散文家、诗人钱谦益(1582—1664)。字受之,号牧斋,晚号蒙叟、东涧老人。江苏常熟人。明万历进士,崇祯初官礼部右侍郎,兼翰林院侍读学士。弘光时官礼部尚书,迎合马士英、阮大铖,拥立福王。清兵南下,授内秘书院学士兼礼部右侍郎,旋即称病返里。与抗清复明志士有交往。诗文在当时颇负盛名,东南一带奉为"文宗"。家有绛云楼,藏书丰富。著作有《初学集》《有学集》《投笔集》等。殁葬于虞山南麓。浼(měi):沾污;玷污。钱谦益与柳如是亦有情缘,并在崇祯十四年(1641)迎娶柳如是。

❷ 横波:即顾媚,详见《影梅庵忆语》注释。

❸ 石翁:即明末学者、画家黄道周(1585—1646),字幼平(一作幼玄),号石斋。漳浦(今属福建)人。天启进士,崇祯时以上疏指斥大臣杨嗣昌等被谪戍广西,南明弘光帝时官至礼部尚书。弘光政权失败,又与郑芝龙等拥立唐王朱聿键,官武英殿大学士,率兵抗清,至婺源为清兵所俘,被杀于南京。著有《易象正义》《孝经集传》《石斋集》等。据传顾媚在某次宴饮后曾侍奉酒醉的黄道周。

❹ 定山:即龚鼎孳,顾媚后为其妾。详见《影梅庵忆语》注释。

❺ 葛嫩、武公:葛嫩,明末秦淮名妓,字蕊芳,后为孙临妾。孙临字克咸,别字武公(原文误作武功),具文才武略。两人在抗清战斗中殉节。

❻ 驵(zǎng)侩:说合牲畜交易的人。后泛指经纪人、市侩。

久矣❶。然而文人无行,亦可寒心。即如虞山、定山、壮悔当日❷,主持风雅,名重党魁,已非涉猎词章、聊浪花月、号为名士者可比,卒至晚节颓唐,负惭红袖,何如杜书记青楼薄幸,尚不致误彼婵媛也。仆也古怀郁结,畴与为欢,未及中年,已伤哀乐。悉卿怀抱,旷世秀群。窃虑知己晨星,前盟散雪,母骄钱树❸,郎冒璧人❹,弦绝阳春之音,金迷长夜之饮。而木石吴儿,且将以不入耳之言,来相劝勉曰:'使卿有身后名,不如生前一杯酒。'❺嗟乎!薰莸合器❻,臭味差池;鹣鲽同群,蹉跎不狎❼。语以古今,能无

※ 注释 ※

❶ 齿冷:耻笑。这里指像蕊君那般高洁的人被驵侩之流嘲笑。
❷ 壮悔:即侯方域,这里是以"壮悔"堂名称之。
❸ 母骄钱树:指旧社会妓院中鸨母把妓女当作摇钱树。
❹ 郎冒璧人:郎,明时称微贱者。清俞樾《茶香室丛钞·老爷》:"江阴汤廷尉《公馀日录》云:'明初间里间称呼有二等:一曰秀,一曰郎。秀则故家右族颖出之人,郎则微裔末流群小之辈。'"璧人,犹玉人,称赞仪容美好的人。这里指微贱者冒充美好的人。
❺ 用《世说新语·任诞》载张季鹰语:"使我有身后名,不如即时一杯酒!"
❻ 薰莸:香草和臭草。喻善恶、贤愚、好坏等。
❼ 鹣鲽(jiān dié):比翼鸟和比目鱼。比喻交往密切的朋友或相亲相爱的男女。这里指鹣与鲽一处,即使虚度光阴,亦不亲近。

河汉哉?"❶蕊君沾巾拥髻,殆不胜情。余亦移就灯花,黯然罢酒。维时仲澜索序甚殷,蕊君然脂拂楮,请并记今夕之语。

夫白门柳枝,青溪桃叶,辰楼顾曲,丁帘醉花,江南佳丽,由来尚已❷。迨至故宫禾黍❸,旧苑沧桑,名士白头,美人黄土,此余澹心《板桥杂记》所由作也❹。今捧花生际承平之盛,联裙屐之游,跌宕湖

※ 注释 ※

❶ 河汉:《庄子·逍遥游》:"肩吾问于连叔曰:'吾闻言于接舆,大而无当,往而不返,吾惊怖其言,犹河汉而无极也。'"成玄英疏:"犹如上天河汉,迢递清高,寻其源流,略无穷极也。"后因以"河汉"比喻言论夸诞迂阔、不切实际。转指不相信或忽视(某人的话)。

❷ 此句中白门、桃叶、辰楼、丁帘皆南京地名,泛指秦淮名妓居住之地。丁帘:丁字帘前,在南京市利涉桥畔。清孔尚任《桃花扇·寄扇》:"桃根桃叶无人问,丁字帘前是断桥。"

❸ 禾黍:《诗·王风·黍离序》:"《黍离》,闵宗周也。周大夫行役至于宗周,过故宗庙宫室,尽为禾黍。闵宗周之颠覆,彷徨不忍去而作是诗也。"后以"禾黍"为悲悯故国破败或胜地废圮之典。

❹ 余澹心:即清初文学家余怀(1616—1696),字澹心,号曼翁,莆田(今福建)人,寓居南京。诗文为王士禛等推许。著有《味外轩文稿》《研山堂集》《秋雪词》《宫闺小名后录》等,《板桥杂记》为其所作笔记,记录明朝末年南京十里秦淮南岸一带旧院诸名妓的情况及相关见闻。

山,甄综花叶❶。华灯替月,抽觞屡笛之天;画舫凌波,拾翠眠香之地。南朝金粉,北里烟花❷,品艳柔乡,摅怀璚翰❸。澹心《杂记》,自难专美于前。窃谓轻烟淡粉间当有如蕊君其人者,两君试以斯文示之,并语以蘼芜、媚香往事,不知有感于蕊君之言而为之结眉破粉否也?❹

此一时仿兴之作,忽忽不甚记忆。追姬归余后,允庄谈次,戏余曰:"君当日以他人酒杯,浇自己傀垒❺,兴酣落笔,慨乎言之。苟至今日,敢谓秦无人耶?"❻苕妹曰:"兄生平佳遇虽多,然皆申礼防以自持,不肯稍涉苟且轻薄之

※ 注释 ※

❶ 甄综:综合分析,鉴定品评。这里指品评花草。
❷ 北里:唐长安平康里位于城北,亦称北里。其地为妓院所在地。后因用以泛称娼妓聚居之地。
❸ 摅怀:抒发情怀。璚(qióng)翰:对他人书信、字迹的美称。璚,同"琼"。
❹ 结眉破粉:指蹙眉流泪。
❺ 傀垒:比喻郁结在心中的闷气或愁苦。傀,通"块"。
❻ 秦无人:此处即无人之意。典出《左传·文公十三年》,晋人士会奔秦,晋惠秦用士会,使魏寿余伪以魏叛者归秦以诱士会。绕朝赠之以策,曰:"子无谓秦无人,吾谋适不用也。"

行。今得紫君,天之报兄者以至矣。"闺侣咸为首肯。

秋影主人,中年却埽❶,炉薰茗盌,拥髻微吟,花社灵光,出尘不染,后来之秀,嬴崇礼焉。先是,香霓阁有随鸦之举❷,主人苦口箴之。闻姬属余,庆得所归,恒求识面。申丈介余修相见礼,笑曰:"十君玉骨珊珊,迩应益饶丰艳耶?蕴珠抱璞,早审不凡,具此识英雄眼,尤为扫眉人生色矣。"归宣其言,姬为莞尔。

邗当要冲❸,冠盖云集。余自趋庭问绢❹,日鲜宁晷❺。堂上于奇寒深夜命姬假寐俟余,姬仍剪灯温茗,围炉端坐

※ 注释 ※

❶ 却埽:亦作"却扫",不再扫径迎客。谓闭门谢客。埽,同"扫"。

❷ 随鸦:比喻才貌出众的女子嫁给远不如自己的男人。

❸ 邗(hán):地名,指古运河邗江一带,在今江苏扬州至淮安一带。

❹ 趋庭:《论语·季氏》:"(孔子)尝独立,鲤趋而过庭。曰:'学诗乎?'对曰:'未也。''不学诗,无以言。'鲤退而学诗。他日,又独立,鲤趋而过庭。曰:'学礼乎?'对曰:'未也。''不学礼,无以立。'鲤退而学礼。"鲤,孔子之子伯鱼。后因以"趋庭"谓子承父教。问绢:《三国志·魏志·胡质传》:"威,咸熙中官至徐州刺史。"裴松之注引晋孙盛《晋阳秋》:"威字伯虎,少有志尚,厉操清白。质之为荆州也,威自京都省之……临辞,质赐绢一匹,为道路粮。威跪曰:'大人清白,不审于何得此绢?'质曰:'是吾俸禄之馀,故以为汝粮耳。'"后遂用"问绢"作为人清慎之典。亦以咏归觐省亲。

❺ 宁晷(guǐ):安定的时刻。

以待。诘晨复辨色理妆,次第诣长者起居。夙兴夜寐,历数年如一日焉。

姬将适余,偶与倚红、听春辈评次青容院本❶。或吟《香祖楼》警句,或赏《四弦秋》关目。姬独举《雪中人》"可人夫婿是秦嘉❷,风也怜他,月也怜他"数语,吟讽不辍。唐甥桂仙侍鬟改子笑曰:"十姑此时,固应心契此语。"金钗四座,赏为知言。余前年于役彭城,寄姬词有曰:"蹋冰瘦马投荒驿,负了卿怜惜。累卿风雪忆天涯,休说可人夫婿是秦嘉。"盖指此也。嗣于下相道中寄姬词曰:

霜月当头圆复缺,跃马弯弓,那怪常离别。约了归期今又不,关山只认无啼鴂。　　何事沾膺双泪热,帐下悲歌,竟未生同穴。忍与归时灯畔说,五更

※ 注释 ※

❶ 青容院本:指清代戏曲作家、文学家蒋士铨所作的戏曲剧本,"青容"当作"清容"。蒋士铨(1725—1784),字心馀、苕生,号藏园,又号清容居士,江西铅山人。乾隆二十二年(1757)进士。曾任翰林院编修。作有杂剧、传奇多种,其中《临川梦》等九种合集,称《藏园九种曲》,包括本文提到的传奇《香祖楼》《雪中人》和杂剧《四弦秋》。

❷ 秦嘉:东汉诗人。《玉台新咏》有嘉《赠妇诗》三首,嘉妻徐淑答诗一首,叙夫妇惜别互矢忠诚之情,为历代所传诵。

一骑冲风雪。

南州朱夫人为写行看子[1],晚翠庵主即书原词于上。姬每一捧诵,感泪弥衿,凄咽之音,如听柳绵、芳草矣[2]。

余幼涉韬钤[3],长延豪俊,然如清河君之忠义廉立者,颇不易觏。长白尚衣[4],锐欲治枭,禁暴除害,致书阁部,谓燕赵壮士、江淮异人,恩威部勒[5],非余莫任。余启阁部曰:"无恒产而有恒心者,惟士为能。鸡鸣狗盗之雄,为饥所驱,不知择业,铤而走险,患莫大焉。广庇博施,知有不逮,然能储一有用之材,即可弭一无形之祸。"阁部深嘉是言,且曰:"即以禽枭而论,以毒攻毒,兵法亦当如是也。"忠信所格,景响孔殷[6]。姬曰:"鹰飞好杀,龙性难驯,胆大心细,愿味斯言。"且以余驭下少严,渊鱼麇鼠,察诘不祥,

---

※ 注释 ※

[1] 行看子:画卷的别称。
[2] 柳绵、芳草:古人诗词多用以表现男女间哀怨怀人之感、思慕缠绵之情,如苏轼《蝶恋花》词:"枝上柳绵吹又少,天涯何处无芳草。"
[3] 韬钤(qián):古代兵书《六韬》《玉钤篇》的并称。后因以泛指兵书。
[4] 尚衣:即主衣,古官名,执掌帝王服玩等事。
[5] 部勒:部署;约束。
[6] 景响:如影随形,如响应声。孔殷:众多;繁多。

怡词巽语❶,时得韦弦之助云❷。

　　淮南以浚河停运,余请于堂上,创为移捆之议❸,节使与彭城公咸庆安枕,真州贤士歌诗以侈美之,归逼岁除,颇形闷损。姬曰:"储课乂民❹,颂声洋溢。残年风雪,不负此行,那有辜负香衾之憾?"

　　芜城绮节❺,慈命设宴璧月楼前。姬偕闺侣,香阶侠拜❻。更解绾臂怜爱缕,遣鬟密置鸱吻❼。吾杭谓乌尼衔以成梁❽,可渡星河灵匹也。萼姊戏裁冰縠绘并头兰桂畀姬❾,向月绣之,镂金错采,巧夺针神。余巾箱检玩,珍逾

※ 注 释 ※

❶ 巽语:恭顺委婉的言词,这里指紫姬对作者的进言。
❷ 韦弦:《韩非子·观行》:"西门豹之性急,故佩韦以自缓;董安于之性缓,故佩弦以自急。故以有余补不足,以长续短之谓明主。"后因以"韦弦"比喻外界的启迪和教益。用以警戒、规劝。
❸ 移捆:一种疏通河道的方案。
❹ 储课乂(yì)民:治理百姓储备财物、安居乐业。
❺ 芜城:指扬州。绮节:指七夕节。
❻ 侠拜:古代妇女与男子为礼,女先拜,男子答拜,女又拜,谓之侠拜。侠,通"夹"。
❼ 鸱(chī)吻:古代官殿屋脊正脊两端的一种饰物,状如张口吞脊,故名鸱吻。
❽ 乌尼:喜鹊。
❾ 冰縠(hú):用冰蚕丝织成的绉纱。

蔡氏金梭矣[1]。

癸未仲春,太夫人患病危亟,姬辄焚香告天,愿以身代。余时奉檄驻工,星夜驰归,祷于太平桥元化先生祠,赐方三剂而愈。姬因代余持观音斋,以报春晖,至殁不替。

姬与余情爱甚挚,而耻为忮嫉之行[2],是以香影阁赠余鬟花绡帕,香霏阁赠余冰纨杂佩,秋雯阁赠余瓜瓤绣缕,姬皆什袭藏之[3]。又香霏阁寄余雕笼蝈蝈一枚,姬尤豢爱不释,曰:"窥墙掷果[4],皆属人情,苟非粉郎香橼,又谁过而问之者?"

余取次花丛[5],屡为摩登所摄[6],爰赋《柳梢青》词以

※ 注释 ※

[1] 蔡氏金梭:这里指技艺高超的绣品。宋孔平仲《孔氏谈苑》卷五:"蔡州丁氏精于女工,每七夕祷以酒果,忽见流星坠筵中,明日瓜上得金梭,自是巧思益进。"原文误作"蔡氏",应为"丁氏"。
[2] 忮(zhì)嫉:妒忌。
[3] 什袭:重重包裹,郑重珍藏。
[4] 窥墙掷果:指女子对意中人的爱慕。窥墙,典出战国楚宋玉《登徒子好色赋》:"臣里之美者,莫若臣东家之子……然此女登墙窥臣三年,至今未许也。"掷果,指晋潘岳貌美,出游时妇女都丢果子给他。
[5] 取次:随便,任意。花丛:指妓院。
[6] 摩登:古印度摩登伽种的淫女。这里指妓女,意为作者常常被妓女留恋。

谢之,曰:

> 曳雪牵云,玉笼鹦鹉,唤掩重门。曲曲回阑,疏疏帘影,也够销魂。　　愁看照眼浓春,添多少、香痕泪痕。默默寻思,生生孤负,无数黄昏。

> 休蹙双蛾,鬟华倩影,好伴维摩。娇倚香篝,话残银烛,闲煞衾窝。　　更无人唱回波,只怕惹、情多恨多。叶叶花花,鹣鹣蝶蝶,此愿难么?

允庄曰:"风流道学,不触不背,当是众香国中无上妙法。"姬曰:"飘藩堕溷,千古伤心,君能现身接引❶,亦是情天善果。"余曰:"安得金屋千万间,大庇天下美人皆欢颜耶!"姬亦为之䩄然❷。

余以乌鸟之私❸,惧官远域,牛马之走❹,历著微劳。

※ 注释 ※

❶ 接引:佛教语,指佛与观世音、势至两菩萨引导众生入西方净土。这里比喻作者对妓女的慰藉。
❷ 䩄(chǎn)然:笑的样子。
❸ 乌鸟:古称乌鸟反哺,比喻子女侍养父母。
❹ 牛马之走:谓像牛马般奔波劳碌。自谦之词。

黄扉辱国士之知❶,丹诏沐勤能之谕❷,纶音甫逮❸,吏议随之❹,絜养衔恩,未甘废弃。长途冰雪,小队弓刀,急景凋年,重尝艰险。维时允庄忽染奇疾,淹笃积旬。姬乃鸡鸣而起,即诣环花阁褰帷问夜来安否。亲为涂药、进匕后,始理膏沐。扶持调护,寝馈俱忘。语余世母谯国太君曰:"夫人贤孝,闺中之曾闵也❺。设有不讳,必重伤堂上心,而贻夫子忧。稽首慈云,妾愿以身先之尔。"余时寄迹于东阳参军绛云仙馆,曾附书尾寄以近词曰:

年来饱识江湖味,今番怎添凄婉?远树蘸烟,残鸦警雪,人在黄昏孤馆。更长梦短,便梦到红楼,也防惊转。雁唳霜空,故乡何事尺书断? 书来倍萦别恨,道闺人小病,罗带新缓。茗火煎愁,兰烟抱影,不是卿卿谁伴?怜卿可惯?况一口红霞,黛蛾慵

※ 注释 ※

❶ 黄扉:宰相办公之所。这里指当时主政的高官对作者有"国士"的赞誉。
❷ 丹诏:帝王的诏书。以朱笔书写,故称。这里当时的皇帝对作者有过勉励。
❸ 纶音:犹纶言。帝王的诏令。
❹ 吏议:指官吏议事,这里指上级官员对作者任职的安排。随之:听从。
❺ 曾闵:曾参与闵损(闵子骞)的并称。皆孔子弟子,以有孝行著称。

展。漫忆扬州,断肠人更远。

姬时已得咯血症,讳疾不言,渐致沉笃。余以定省久暌❶,勾当觕毕❷,醉司命夕❸,风雪遄归,而姬已骨瘦香桃❹,恹恹床蓐矣。

余自吏议不得留江后,姬曰:"君此后江湖载酒,宜豫留心一契合之人。"余诘其故,曰:"君为尊亲所屈,奉檄色喜,自断不忍远离膝下,但今既有此中沮,或者改官远省,太夫人既惮长途,不能就养,夫人又以多病不去,我何忍侍君独行?且寒暑抑搔❺,晨昏侍奉,留我替君之职,即以摅君之忧。至君之起居寒暖,必得一解事者悉心护君,虽千山万水,吾心慰矣。"此姬自上年十月以来,屡屡为余言之者。孰知黄花续命之言,即为紫玉成烟之谶哉!

※ 注 释 ※

❶ 定省:泛指探望问候父母或亲长。久暌:久违。
❷ 觕(cū)毕:大致完毕。觕,粗略。
❸ 醉司命:民间年终祭灶神的一种习俗,在农历十二月二十四日,后因称此日为"醉司命"。
❹ 香桃:指仙镜的桃树。李商隐《海上谣》:"海底觅仙人,香桃如瘦骨。"这里比喻紫姬的消瘦。
❺ 抑搔:按摩抓搔。

蓉湖施生,隐于阛阓❶,掷六木以决祸福,闻有奇验。余就卜流年休咎,生曰:"他事甚利,惟不免破镜之戚。"❷问能解否,曰:"小星替月可解也。"更请其他,曰:"嘒彼三五❸,或免递及之祸。"时平阳中浣自淮南来,为姬推算,亦如生言。爰就邻觋陇西氏占之,曰:"前身是香界司花仙史,艳金玉之缘,遂为法华所转,爱缘将尽,会当御风以归尔。"允庄闻之,亟请于堂上,为余量珠购艳,以应施生之说。余曰:"新人苟可移情,辄使桃僵李代,拊心自问,已觉不情。设令胶先续断,香不返魂,长留薄幸之名,莫雪向隅之恨❹,更非我之所愿,又岂卿之所安哉?"允庄曰:"然则如何而后可?"余曰:"姬素恋切所生,恒见望云兴叹。还珠益算,此诚日者无聊之极思。然其徙倚㿂延❺,屡烦慈顾,每与言及,涕泗不安,曷以归省之计,

※ 注释 ※

❶ 阛阓(huán huì):街市,街道。

❷ 破镜:喻指夫妇分离。

❸ 嘒(huì)彼三五:《诗·召南·小星》:"嘒彼小星,三五在东。"这里以"小星"喻妾室,指占卜者指导作者多娶小妾以代替紫姬之死。

❹ 向隅:面对着屋子的一个角落。比喻孤独失意或不得机遇而失望。

❺ 徙倚㿂延:徘徊留恋,这里指紫姬久病在床。

为伊却病之方乎？"允庄颔之，乃为请于重闱，整装以定归计焉。

四月下浣五日，太夫人雪涕命余曰："紫姬以归省之计，为却病之方，果如所言，实为至愿。惟值江风暑雨，实劳我心。汝可祷之于神，以决行止。"余因祷于武帝庙。其签诗曰："贵人相遇水云乡，冷淡交情滋味长。黄阁开时延故客，骅骝应得聘康庄❶。"太夫人见有骅骝康庄之语，以为道路平安，乃许归省。孰知三槐堂中，西偏楹帖，大书深刻曰："康庄骥足蹑青云"，而姬殁后，榇停适当其处❷。"开我西阁门，坐我绿阴床"❸，事后追思，如梦如幻。神能知之，而不能拯之，岂苍苍定数，竟属万难挽回哉！

紫姬行后，允庄寄以诗曰：

梅雨丝丝暗画楼，玉人扶病上扁舟。钏松皓腕香桃瘦，带缓纤腰弱柳柔。五月江声流短梦，六朝山

※ 注释 ※

❶ 骅骝：周穆王八骏之一。泛指骏马。
❷ 榇：榇车，运载棺柩的车子。
❸ "开我"两句：化用《木兰辞》："开我东阁门，坐我西阁床。"这里指回家。

色送新愁。勤调药裹删离恨,好寄平安水阁头。

紫姬依韵和之,并呈太夫人,诗曰:

风雨经春怯倚楼,空江如梦送归舟。绵绵远道花笺寄,黯黯临歧絮语柔。闺福难消悲薄命,慈恩未报动深愁。望云更识郎心苦,月子弯弯系两头。

允庄又寄余诗曰:

问君双桨载桃根,残月空江第几村。淡墨似烟书有泪,远天如水梦无痕。晚风横笛青溪阁,新柳藏鸦白下门。更忆婵嫣支病骨,背灯拥髻话黄昏。

余依韵和之曰:

情根种处即愁根,纱浣青溪别有村。伴影带馀前剩眼,捧心镜涴旧啼痕。江城杨柳宵闻笛,水阁枇杷昼掩门。回首重闱心百结,合欢卿独奉晨昏。

曹小琴女史读之，叹曰："此二百二十四字，是君家三人泪珠凝结而成者。始知《别赋》《恨赋》[1]，未是伤心透骨之作。"

余于严慈抱恙，每祷元化先生祠辄应，盖父母之疾，可以身代，愚诚所结，先生其许我也。姬人之恙，或言客感未清，积勤成瘵[2]，早投峻补[3]，误于凡医之手。然求方之事，余又迟回不敢行。六月十三日夜，姬忽坚握余手曰："君素爱恋慈帏，苟不畏此简书[4]，从无浪迹久羁之事。今来省垣者匝月矣，阁部叙勋之奏，昨日已奉恩纶，指日北行，亟宜归省。妾病已深，难期向愈，支离呻楚，徒怆君心。愿他日一纸书来，好收吾骨以归尔。"余时甫得大人安报，因慰之曰："子之贤孝，上契亲心，来谕命为加意调治，以期痊可偕归。明日当为子祷于小桃源元化先生祠，冀得一当，以纾慈廑[5]。"姬泣曰："拜佛求仙，累君仆

※ 注释 ※

[1] 《别赋》《恨赋》：南朝文学家江淹所作。
[2] 瘵(zhài)：病。多指痨病。
[3] 峻补：猛烈的补药。
[4] 简书：用于告诫、策命、盟誓、征召等事的文书。亦指一般文牍。《诗·小雅·出车》："岂不怀归，畏此简书。"
[5] 慈廑(qín)：指母亲的殷切关注。

仆,吾未知何以报也。"次日祷之,未荷赐药。次日又以姬之生平,具疏上达,愿减微秩❶,以丐余生,俾侍吾亲,谓先生其亦许我耶？始荷赐以五色豆等味。自此遂旦旦求之。至十八日晚,得大人急递书,知太夫人客感卧床。姬亟呼郑、李两姬,尽力扶倚隐囊❷,喘息良久,甫言曰:"妾病已可起坐,君宜遄归省亲,勿更以妾为念。"言际,清泪栖睫,更无一言,反面贴席,若恐重伤余心者。余时心曲已乱,连泣颔之。晨光熹微,策单骑出朝阳门。伤哉！此日遂为永诀之日矣！

余于二十二日抵苏。太夫人之恙,幸季父治少痊。惟头目岑岑,迷眩五色。余急祷于西米巷元化先生祠,赐服黄菊花十朵,遂无所苦。太夫人询姬病状,知在死生呼吸之际,命余即行。余以慈恙甫愈,请少留。至二十六夜,姬恩抚女桂生惊啼曰❸:"娘归矣！"询之,曰:"上香畹楼去矣！"太夫人疑为离魂之征也,陨涕不止。余再四劝

❀ 注释 ❀

❶ 微秩:指短暂的寿命。十年为一秩,这里指作者愿减去自己的寿命,延长紫姬的生命。

❷ 隐囊:供人倚凭的软囊。犹今之靠枕、靠褥之类。

❸ 恩抚女:指非亲生之女。

慰,太夫人曰:"紫姬厌弃纨绮,宛然有林下风❶。湖绵如雪❷,则其所心爱也。年来侍我学制寒衣,缝纫熨贴,宵分不倦,我每顾而怜之。"因属世母谯国太君、庶母静初夫人、萼姊、苕妹辈,为姬急制湖绵衣履。顾余曰:"俗有冲喜之说,汝可携去,能如俗说,留姬侍我,此如天之福也。"至七月朔日,得姬二十八日寄书,殷念北堂病状,并遍询长幼起居。举室传观,方以无恙为慰。初三制衣甫毕,堂上促余遄行。伏雨阑风,征途迢滞。初六触炎登陆,曛黑入门。家人兮憧惶,嫂侄兮含悲❸。易锦茵以床垂兮,代罗帱以素帷❹。魂飞越而足越趄兮❺,心震骇而肝肠摧。抚玉琴之在御兮,瞻遗挂之在壁❻。怼琼蕊之无征兮,恨

※ 注释 ※

❶ 林下风:称颂妇女闲雅飘逸的风采。《世说新语·贤媛》:"王夫人神情散朗,故有林下风气。"

❷ 湖绵:指浙江湖州出产的织物。

❸ "家人"两句:潘岳《哀永逝文》:"嫂侄兮憧惶,慈姑兮垂矜。"憧(zhāng)惶:忙乱,慌张。

❹ "易锦茵"两句:潘岳《寡妇赋》:"易锦茵以苫席兮,代罗帱以素帷。"锦茵:锦制的垫褥。

❺ 越趄(zī jū):想前进又不敢前进。形容疑惧不决,犹豫观望。

❻ "抚玉琴"两句:潘岳《悼亡诗》之一:"流芳未及歇,遗挂犹在壁。"

朝霞之难挹❶。萃湫风以酸滴兮❷,涉遐想兮仿佛。太原翁姥流涕告余曰❸:"儿于初四戌刻,不及待公子而遽去矣。"呜呼!迟到两朝,缘悭一面,抚棺长恸,痛如之何!

姬之逝也,太原翁姥专傔至苏❹,余于中途相左。至十二日傔自苏归,赍奉大人慈谕曰❺:"七夕得三槐书,知紫姬遽然化去,重闱以次,无不悲悼。且屈指汝到相距两日,未必及视其敛,尤为伤心之事。携去衣履,想已不及附棺,汝母云是所心爱,可焚与之。汝一切料量安妥后,即载其椁回苏❻,暂厝虎山后院,俾依汝祖灵以居。今冬恭建先茔,当并挈之以归尔。渠四年中,贤孝尽职,群无间言,去冬侍汝妇之疾,尤属不辞劬瘁。至其淡泊宁静,夙为汝祖所称赏。今得首从先人于九京❼,在渠当亦无

※ 注释 ※

❶ "怼琼蕊"两句:陆机《叹逝赋》:"怼琼蕊之无征,恨朝霞之难挹。"怼(duì):怨恨。琼蕊:玉英,玉花。传说食之可以长生。

❷ 湫(jiū)风:凉风。

❸ 太原翁姥:太原是王姓的发源地,所以这里指王姓翁姥,即紫姬的父母。

❹ 傔(qiàn):侍从,差役。

❺ 赍(jī):遣送;送。

❻ 椁:小型棺材。

❼ 九京:即九原,春秋时晋大夫的墓地,后泛指墓地。

憾。汝母方为作小传,静初、允庄等,皆有哀词。汝宜爱惜身心,报以笔墨,俾与蒨桃、朝云并传❶,当亦逝者之心也。"呜呼!我堂上慈爱之心,无微不至,开函捧诵,感激涕零。界太原举家读之,莫不凄感万状。余因恭录一通,并衣履焚之灵次。呜呼紫姬!魂魄有知,双目其可长瞑矣!

姬发长委地,光可鉴人,指爪皆长数寸,最自珍惜,每有操作,必以金㧑护之❷。弥留之际,郑媪为理遗发,令勿轻弃,更倩闰湘尽剪长爪,并藏翠桃香盒中。闰湘曰:"留以遗公子耶?"含泪点首者再。叩其遗言,曰:"太夫人爱我甚至,起居既安,必命公子复来,惜我缘已尽,不能少待为恨尔。"

太夫人素性畏雷,余与允庄、紫姬,每逢夏夜风雨,辄急起整衣履,先后至太夫人房中,围侍达旦。今年七月三

※ 注释 ※

❶ 蒨桃:北宋名相寇准的侍妾。能诗,以劝谏寇准的《呈寇公》诗闻名。朝云:北宋苏轼侍妾。本为钱塘妓,姓王,苏轼官钱塘时纳为妾。初不识字,后从轼学书,并略通佛理。轼贬官惠州,数妾散去,独朝云相随。苏轼作有《朝云墓志铭》《悼朝云诗》。

❷ 金㧑(kōu):金属的指套。

夕,姬病卧碧梧庭院,隐闻雷声,辄顾李媪等曰:"恨我远离,不能与主人同侍太夫人尔。"未及周辰,遽尔化去。病至绵惙❶,而其爱恋吾亲若此,悲哉!痛哉!

允庄闻姬凶耗,寄余书曰:"姬之抚恩女桂生,已奉慈命为持三年之服❷。至其平日爱抚孝先,无异所生,业为持服。如有吊者,应报素柬,亦已请命堂上,可书'嫡子孝先稽颡'❸云云。"并寄挽联曰:

四年来孝恭无忝,偏教玉碎香销,愚夫妇触境心酸,遗憾千秋,岂独佳人难再得;两月中消息虽通,只恨山遥水远,慈舅姑倚闾望切,芳魂一缕,愿偕公子早同归。

同人叹为情文相生,面面俱到。芳波大令曰:"素柬以嫡子署名,吾家庶大母之丧,先大父太守公曾一行之。今君家出自堂上及大妇之意,尤为毫发无憾。"

金沙延陵女史,工诗善画,秀笔轶伦。所得润笔之

※ 注释 ※

❶ 绵惙(chuò):谓病情沉重,气息仅存。
❷ 持服:守孝,服丧。
❸ 稽颡(sǎng):古代一种跪拜礼,屈膝下拜,以额触地,表示极度的虔诚。

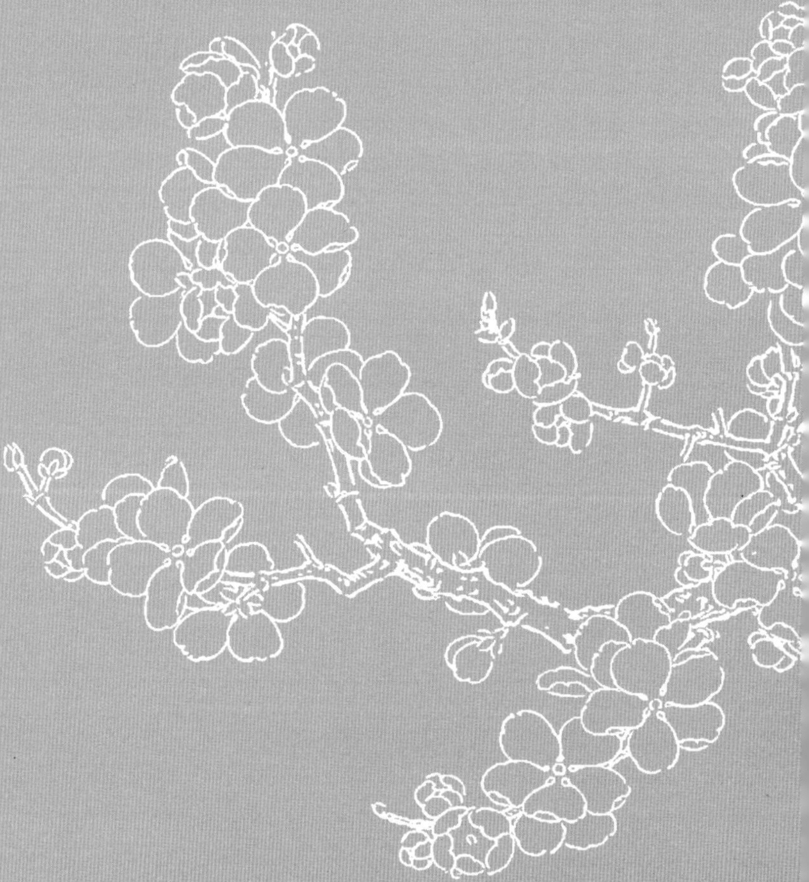

一蕭孤芳豔楚雲初從香國拜湘
君侍兒群捧紅絲硯年少休歌白
練裙桃葉微波王大令杏花疏雨
杜司勳關心明鏡團䕰約不信揚
州月二分　陳裴生詩一首

乙歲尾　潭水孫熙春書

香畹楼忆语·初见

如卷羨眷水流年拍到紅牙共黯
然不奈閒情酬淺盞重傾纖手語
香弦墮懷明月三生夢入畫春風
半面緣消受珠櫳還小坐秋潮漫
寄鯉魚箋　陳裴生詩一首
朵歲尾　潘水孫興春書

香畹楼忆语·验螺

風雨經春恨倚樓空江如夢送歸
舟綿綿遠道蒼箋寄黯黯臨歧絮
語柔閨福難消悲薄命慈恩未報
動深愁望雲更識郎心苦月子鸞
鷟系兩頭

紫姬詩一首

丙戌歲尾 潘水孫興春書

香畹楼忆语之
离别
乙未暮春
凤娯

香畹楼忆语·离别

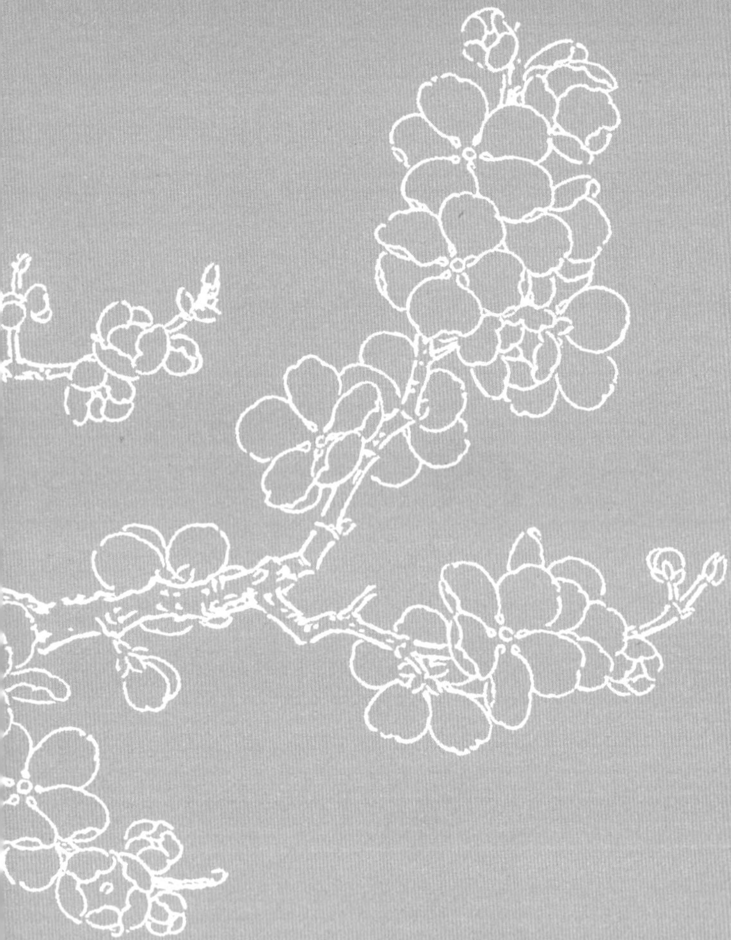

资,以赡老母幼弟。尤工剑术,韬晦不言❶。人以黄皆令、杨云友一流目之❷,不知为红线、隐娘之亚也❸。病中闻紫姬之耗,寓书于余,发函伸纸,上书"萼绿华来无定所,杜兰香去未移时"一联❹,跋曰:"紫湘仁妹,蕙心纨质,旷世秀群。余每见于芜城官舍,爱不忍去。曾仿月娇遗迹,画兰十二帧,以作美人小影。今闻彩云化去,不觉清泪弥襟。以妹之孝恭无忝,具详允庄大妹所撰挽联,人不间于高堂、大妇之言,无俟再下转语❺。爰书玉溪生句,俾知慧业生天❻,以摅云弟梨云之感❼。此于《香祖楼》后,又添一重公案矣。"又一行曰:"姊以病中腕怯,不得纵笔作书,

※ 注释 ※

❶ 韬晦:光芒收敛,借指才能行迹隐藏不露。
❷ 黄皆令、杨云友:皆为明末才女。黄皆令,嘉兴人,幼年入青楼,工书画、好吟咏,后为名妓,嫁与士人杨世功。杨云友,杭州人,善书画,嫁与董其昌为妾。
❸ 红线、隐娘:皆为唐传奇中的侠女。红线,事见袁郊《甘泽谣·红线》。隐娘,事见裴铏《传奇·聂隐娘传》。
❹ 此联为李商隐《重过圣女祠》诗颈联。下文"玉溪生"即李商隐号。
❺ 转语:佛教语。禅宗谓拨转心机,使之恍然大悟的机锋话语。引申为解释的话。
❻ 生天:佛教谓行十善者死后转生天道。这里婉言紫姬去世。
❼ 梨云之感:指陈裴之对紫姬的思念之情。

可觅一善书者,捉刀为幸。"余因倩汝南探花,仿簪花妙格❶,书之吴绫,张诸座右。此与昭云夫人篆书林颦卿《葬花诗》❷,以当薤露者❸,可称双绝。

词坛耆隽,赢锡哀词,撼余怆情,美不胜屈。至挽联之佳者,犹记扶风观察云:

别梦竟千秋,金屋昙花逢小劫❹;招魂刚七夕,玉箫明月认前身。

巢湖太守云:

司马湿青衫❺,盖世奇才,那识恩情还独至;姮娥归碧落❻,毕生宠遇,从知福慧已双修。

❀ 注释 ❀

❶ 簪花格:张彦远《法书要录》卷二载南朝梁袁昂《古今书评》:"卫恒书如插花美女,舞笑镜台。"后称书法娟秀工整者为簪花格。
❷ 林颦卿《葬花诗》:指小说《红楼梦》中人物林黛玉所作《葬花吟》诗。
❸ 薤(xiè)露:乐府《相和曲》名,是古代的挽歌。
❹ 金屋昙花:喻指紫姬薄命。小劫:佛教语。谓人的寿命从十岁增至八万,复从八万还至十岁,经二十返为一小劫。
❺ "司马"句:化用白居易《琵琶行》"江洲司马青衫湿"句,喻指陈裴之。
❻ 姮娥:即嫦娥。碧落:天空。这里喻指紫姬。

高平都转云：

玉帐佩麟符❶，曾见潞洲传记室❷；兰台抛凤管❸，空教司马忆清娱❹。

清河观察云：

倚玉骞芳，记伊人琼树雁行，花叶江东推独秀；吡鸾靡凤，送吾弟金闺鹗荐❺，风沙冀北叹孤征。

渤海令君云：

迎来鸾扇女，羡前程月满花芳，奈银屏月缺花残，憔悴煞镜里情郎，画中爱宠；归去鹊桥仙，生别离

※ 注释 ※

❶ 玉帐：军帐。
❷ "曾见"句：《甘泽谣》记红线女原为潞州节度使薛嵩的青衣，这里喻指紫姬。
❸ 兰台：官廷藏书处，代指秘书省。凤管：笙箫或笙箫之乐的美称。
❹ 司马：官职名，指陈裴之。
❺ 鹗荐：孔融《荐祢衡表》："鸷鸟累百，不如一鹗，使衡立朝，必有可观。"后用"鹗荐"谓举荐贤才。

山迢水递,赖锦字山温水软❶,圆成了人间艳福,天上奇缘。

渤海、清河两君,有蹇修、葭莩之谊❷,抚今悼昔,故所言尤为亲切,及见申丈挽联云:

公子固多情,也为伊四载贤劳,不辞拜佛求仙,欲把精虔回造化;佳人真有福,堪羡尔一堂宠爱,都作香怜玉惜,足将荣遇补年华。

佥曰❸:"离恨天中,发此真实具足语,白甫此笔,真有炼石补天之妙。"又鹅湖居士用余丙子年题铁云山人《无题》旧作"昙花妙谛参居士,香草离骚吊美人"之句,书作挽联,既见会心,又添诗谶,钗光钏响,触拨凄然。

姬疾革夜❹,语其季嫂缪玉真曰:"我仗佛力归去,当

※ 注释 ※

❶ 锦字:锦字书,前秦苏蕙寄给丈夫的织锦回文诗。
❷ 蹇修:指有姻亲关系。葭莩:芦苇里的薄膜。用作新戚的代称。
❸ 佥曰:众人都说。
❹ 疾革:病情危急。

无所苦。公子悼我，第请以堂上为念，扶持调护，宜觅替人。公子必义不忘我，舣向者要不乏人耳。"玉真泣陈如此，余方凄感欲绝，鸿消鲤息，泂有如姬所云者乎？紫姬来去湛然❶，解脱爱缘，逍遥极乐，幸勿以鄙人为念。所悲吾亲无人侍奉，所喜吾儿渐已长成，承重荫之孔长，冀门祚之可寄。余则心芽不苗，性海无波，且愿生生世世弗作有情之物矣。

余自姬逝后，仍下榻碧梧庭院。翠桃香盒，泣置枕函。空床长簟，冀以精诚致之。然鳏目炯炯，恒至向晨，虽有鸿都少君之术❷，似亦未易措置也。犹忆七月四日兰陵舟夜❸，梦姬笑语如平时。寤后纪以词曰：

喜见桃花面。似年时、招凉待月，竹西池馆。豆蔻香生新浴后，茉莉钗梁暗颤，恰小试玉罗衫软。照水芙蓉迷艳影，问鸳鸯甚日双飞惯？低首弄，白团扇。

星河欲曙天鸡唤。乍惊心、兰舟听雨，翠衾孤展。重剪

❀ 注释 ❀

❶ 湛然：淡泊。
❷ 鸿都少君：指道士。鸿都，道士所居仙府。
❸ 兰陵：地名，在今江苏常州市。

银灯温昔梦,梦比蓬山更远,怎醒后莲筹偏缓。谩讶青衫容易湿,料红绡早印啼痕满。荒驿外,五更转。

时堂上属琅琊生偕行,读之叹曰:"此种笔墨,无论识与不识,皆知佳绝,惟觉凄惋太甚耳。"余亦嗒然❶。孰知兰陵入梦之期,即秣陵离尘之夕。帷中环佩,是耶非耶?其来也有自,其去也又何归耶?肠回目极,心酸泪枯。姬傥有知,亦当呜咽。

姬素豢貍奴名瑶台儿❷,玉雪可念。余初访碧梧庭院,辄依余宛转不去。姬酒半偶作谐语,闰湘纪以小词,曰"解事雪貍都爱你,眠香要在郎怀里"者是也。洎姬归省,闰湘犹引前事相戏。姬逝后,瑶台儿绕棺悲鸣,夜卧茵次。噫嘻!物犹如此,余何以堪!

姬冰雪聪明,靡不淹悟,类多韬匿不言。先大父奉政公夙精音律,藻夏兰宵,季父恒约僚客于玉树堂,坐花觞月,按谱征歌。奉政公北窗跂脚,顾而乐之。芙蓉小苑,

※ 注释 ※

❶ 嗒(tà)然:形容沮丧怅惘的神情。
❷ 貍奴:猫的别称。

花影如潮,一抹银墙,笛声隐隐。姬遥度为某阕某误,按之不爽累黍❶。邗江乐部,夙隶尚衣,岁费金钱亿万计,以储钧天之选❷,吴伶负盛名者咸骛焉。试灯风里❸,选客称觞,火树星桥,鱼龙曼衍❹,五音繁会,芳菲满堂。余于深宵就舍,询姬今日搬演佳否,姬辄微笑不言。盖太夫人素厌喧嚣,围炉独酌,姬虞孤寂,卷袖侍旁,虽慈命往观,低徊不去,以是彻夜笙歌,未尝倾耳寓目。余今后闻乐掬心,哀过山阳邻笛矣❺。

　　姬如出水芙蓉,不假雕饰,当春杨柳,自得风流。太夫人恒太息曰:"韶颜稚齿,素服淡妆,秀矣雅矣,然终非所宜也。"壬午初夏,婪尾娇春❻,将侍祖太君为

※ 注释 ※

❶ 累黍:古代以黍粒为计量基准。指极微小之量。

❷ 钧天:"钧天广乐"的略语,天上的音乐。这里指皇宫里的音乐。

❸ 试灯:农历正月十五日元宵节晚上张灯,未到元宵节而张灯谓之试灯。

❹ 鱼龙曼衍:指古代百戏杂耍中能变化为鱼和龙的猞猁模型。《汉书·西域传赞》:"设酒池肉林以飨四夷之客,作《巴俞》都卢、海中《砀极》、漫衍鱼龙、角抵之戏以观视之。"

❺ 山阳邻笛:晋向秀经山阳旧居,听到邻人吹笛,不禁追念亡友嵇康、吕安,因作《思旧赋》。后以为怀念故友的典实。

❻ 婪尾:指芍药花。又作婪尾春。

红桥之游❶。萼姊、苕妹辈,争为开奁助妆。璧月流辉,朝霞丽彩,珠襦玉立,艳若天人。陇西郡侯眷属,时亦乘钿车来游,遇于篠园花际,争讶曰:"西池会耶❷?南海游耶❸?彼奇服旷世、骨像应图者❹,当是采珠神女,步蘅薄而流芳也❺!"计姬归余四年,见其新妆炫服,只此一朝而已。罗襟剩粉,绣袜馀香,金翠丛残,览之陨涕。

姬最爱月,尤最爱雨,尝曰:"董青莲谓月之气静,不知雨之声尤静。笼袖熏香,垂帘晏坐,檐花落处,万年俱忘。"余因赋《香畹楼坐雨》,诗曰:

翦烛听春雨,开帘照海棠。玉壶销浅酌,翠被冪馀香。恻恻新寒重,沉沉夜漏长。宛疑临水阁,无那近斜廊。

清福艳福,此际消受为多。今春《香畹楼坐月》词则曰:

※ 注 释 ※

❶ 红桥:扬州名胜。
❷ 西池:相传为西王母所居瑶池的异称。
❸ 南海:指南海观音所在处。这里与上文"西池"都是以神女喻紫姬等。
❹ 曹植《洛神赋》:"奇服旷世,骨像应图。"指骨格体貌与画图相应。
❺ 《洛神赋》:"践椒涂之郁烈,步蘅薄而流芳。"蘅薄:生长香草的地方。

蟾漪浣玉,人影天涯独。镜槛妆成调钿粟,应减旧时蛾绿。　　归来梦断关山,卷帘瞑怯春寒。谁信黛鬟双照,一般孤负阑干。

又《香畹楼听雨》词曰:

梦回鸳瓦疏疏响,灯影明虚幌。争禁此夜客天涯,细数番风况近玉梅花。　　比肩笑向巡檐索,怕见檐花落。伤春人又病恹恹,拚与一春风雨不开帘。

萧黯之音,自然流露,云摇雨散,邈若山河。从此雨晨月夕,倚枕凭阑,无非断肠之声,伤心之色矣。

余以樗散之材❶,受知于阁部河帅、节使、都转暨琅琊、延陵两观察,河渠戎旅,不敢告劳,然出门一步,惘惘有可怜之色。迨过香巢,益萦别绪,凄怀酿结,发为商音。犹忆壬午初秋,下榻碧梧庭院,寄姬芜城词曰:

※ 注释 ※

❶ 樗(chū)散:樗木材劣,多被闲置。比喻不为世用,投闲置散。这里是自谦之词。

新涨石城东,雪聚花浓。回潮瓜步动寒钟。应向秋江弹别泪,长遍芙蓉。　　金翠好帘栊,燕去梁空。窗开偏又近梧桐。叶叶声声听不得,错怪西风。

又于纫秋水榭对月,寄词曰:

深闺未识家山路,凄凄夜残风晓。雾湿湘鬟,寒禁翠袖,曾照银屏双笑。红楼树杪,怕隐隐迢迢,梦云难到。万一归来,屋梁霜霁画帘悄。　　凭阑愁见雁字,问书空寄恨,能寄多少?水驿灯昏,江城笛脆,丝鬓催人先老。团圞最好。况冷到波心,竹西秋早。待写修蛾,二分休瘦了。

香影阁主人读之,怃然有间曰:"此时此际,月满花芳,偶尔分襟❶,怆怀如许,阳关三叠,河满一声❷,恻恻动人,声

※ 注释 ※

❶ 分襟:指离别。
❷ 河满:即河满子,又作何满、何满子。歌曲名,以歌者"何满子"命名。唐白居易《何满子》诗序:"开元中,沧州有歌者何满子,临刑,进此曲以赎死,上竟不免。"

声入破❶。用心良苦,其如凄绝何?"余初出于不自觉,闻此乃深悔之。濒年断梗,转眼空花,影事如尘,愁心欲碎。玉溪生句云:"此情可待成追忆,只是当时已惘然。"❷霜纨印月,锦瑟凝尘,断墨丛烟,益增碎琴焚研之恨❸。

余去秋留江,姬喜动颜色,曰:"妾积思一见老亲,并扫生母之墓,君今晋省应官,堂上命妾侍行,得副夙怀,虽死无憾。"余讶其不祥,乱以他语。会先大父奉政公病,余侍侧不忍遽离。幕僚佥言:"既受节相、河帅厚恩,亟宜谒谢。"姬曰:"两公当代大贤,以君为天下奇才,登之荐牍❹,此其储才报国之心,非欲识面台官❺,拜恩私室者。且君以侍重亲之疾,迟迟吾行,又何歉焉?"嗣奉政公以江淮苦涝,宜效驰驱,促余挂帆,溯江西上。阁部审知奉政公寝疾,仍允告归。姬曰:"吾闻圣人以孝治天下,阁部锡类

※ 注 释 ※

❶ 入破:音乐术语,指乐声骤变为繁碎之音。
❷ "此情"二句:出自李商隐诗《锦瑟》。
❸ 碎琴焚研:因知交或爱侣已逝而欲自打碎琴、焚毁砚台,不复弹奏、写作。
❹ 荐牍:推荐人才的文书。
❺ 识面台官:指结识高官以徇私荐人。台官,尚书、御史的别称,这里泛指朝廷公卿。

之心❶,洵非他人所及也。"嗣此半月,姬与余随同诸大人侍奉汤药。姬独持淡斋,不食盐豉,焚香祷佛。奉政公卒以不起,然此半月中,余得随侍汤药,稍展乌私❷,皆阁部之所赐也。八月下浣,余遽被议。九月中旬,举室南还,而姬归省扫墓之愿,知不克践。既痛奉政公之见背,又复感念生母,人前强为欢笑,夜分辄呜咽不已。十月中,余又奉檄,涉江历淮,姬独侍大妇之疾。半载以来,几于茹冰食蘖❸。呜乎!伤心刺骨之事,庸讵者尚难禁受,况兹袅袅亭亭,又何能当此煎迫哉!

七月二十日,与客坐纫秋水榭,恭奉太夫人慈训曰:"紫姬之逝,使人痛绝。伤心吊影,汝更可知。以汝素性仁孝,于悲从中来之际,想自能以重慈与我两老人为念。寄去姬传一篇,据事直书,不计工拙,聊摅吾痛。无侈无饰,当之者亦无愧色也。"谨展另册视之,洋洋将二千言,泪眼迷离,不忍卒读。时玉山主人、鹅湖居士在座,叹曰:

※ 注释 ※

❶ 锡类:语出《诗·大雅·既醉》:"孝子不匮,永锡尔类。"指以善施及众人。
❷ 乌私:即"乌哺",旧称乌鸟能反哺其母,故以喻人子奉养其亲。
❸ 茹冰食蘖:比喻受辛苦。蘖(bò),同"檗",木名,即黄檗,也称黄柏。

"紫君贤孝宜家,不知者或疑君抱过情之痛,今读太夫人此传,始知君之待姬,洵属天经地义,实姬之嬺行有以致之尔。"[1]蕙绸居士曰:"紫姬之贤孝,堂上之慈爱,至性凝结,发为至文,是宇宙间有数文字。紫君得此,可以无死。国朝以来,姬侍中一人而已。"呜呼紫姬!余撰忆语千言万语,不如太夫人此作实足俾汝不朽。郁烈之芳,出于委灰;繁会之音,生于绝弦。彤管补静女之徽[2],黄绢铭幼妇之石[3]。呜呼紫姬!魂其慰而,而今而后,余其无作可也!

※ 注释 ※

[1] 嬺(měi)行:美好的品行。

[2] 《诗·邶风·静女》:"静女其娈,贻我彤管。彤管有炜,说怿女美。"彤管,杆身漆朱的笔。古代女史记事用。这里指作者母亲为紫姬作传,记录她美好的品行。

[3] 《世说新语·捷悟》:"魏武尝过曹娥碑下,杨修从。碑背上见题作'黄绢幼妇外孙齑臼'八字……修曰:黄绢,色丝也,于字为绝;幼妇,少女也,于字为妙;外孙,女子也,于字为好;齑臼,受辛也,于字为辞。所谓绝妙好辞也。"后泛指极好的诗文。这里也比喻作者母亲为紫姬所作传记。

附　录

紫姬哀词 并序

钱唐　汪端允庄

紫姬碧玉韶颜，绿珠慧性。家近青杨之巷，门临白鹭之洲。姊妹十人，姬其季也。画遍十眉，旧名花蕊；绾来双髻，小字桃根。其归我朗玉夫子也。春江打桨，官阁飘灯。璧月凝辉，前身定呼明月；琼花照影，几生修到梅花？姬复性厌铅华，凤耽词翰，兰羞佐馂，燕寝怡颜，椒颂流馨，鸾台浴德，颍川之门，无歧誉焉。客冬余卧病殊剧，姬仁苦哺糜，含辛调药，中宵结带，竟月罢妆。余疾既瘳，姬颜始解。呜呼贤矣！岂知瑶华萎雨，琼屑销尘，扶病归省，卒于母氏。萱怅雪涕，兰阁招魂，羌渺渺兮予怀，伫珊珊之入梦。瑶情玉色，谁撰馆陶仙子之铭？霞袂云骈，待续宝懿夫人之传。诗成八律，泪缅千丝。

泪洒西风黯碧纱,钿蝉零落吊明霞。云中紫凤长离鸟,池上夭桃薄命花。夜月空林呼妙子,晓钟残梦见瑶华。疏星三五光初掩,愁看银河络角斜。华谭妾石瑶华,殁后见形如平生。出《抱朴子》。

蕊结同心九畹芬,渡江桃叶美人云。画眉菱镜花双笑,记曲珠帘月二分。篆玉鸳鸯犹剩字,泥金蛱蝶尚留裙。早梅官阁经行处,莲屐苍苔印碧纹。

月照香婴画阁虚,谢娘新咏丽芙蕖。枣花帘箔调鹦鹉,芸叶窗纱辟蠹鱼。红衲道人工写韵,白云仙子最知书。兰膏翠羽留遗迹,《奁艳》重缮恨有馀。《妇人集》:陆姬孟珠号红衲道人。何白云,史忠妾。《奁艳》,董小宛辑。

寒闺侍疾夜迟眠,药裹劳君细意煎。彩胜倦簪挑菜节,罗屏静掩试灯天。解歌芳草朝云慧,洁奉兰羞络秀贤。犹记江城砧杵动,春纤叠雪擘吴绵。太夫人及余夫妇御寒襦褐,频年皆姬手制。

琼肌病怯杏罗轻,眉翠颦多画未成。虚幌药烟愁拥髻，小窗花影罢吹笙。金猊火冷香慵炷，玉马风驰梦易惊。惆怅红冰凝别泪，满天梅雨阖闾城。

皂荚桥边问故家，晚乌啼断六朝花。女墙静夜潮初上，水榭新凉月正华。衔到玉鱼愁豆蔻，拨残金凤怨琵琶。退红衫子空裁制，白蝶飞灰散晓霞。

新月蛾眉忆晚妆，凄风缥帐泣归航。哀蝉落叶秋如水，早雁明河夜渐凉。锦瑟惊弦怀梦草，玉箫旧约返生香。画帘微雨黄昏后，谁念檀奴髩欲霜。

女坟湖冷殡宫遥，旧日妆楼锁寂寥。露砌碧苔吟蟋蟀，风廊翠竹网蟏蛸。秋云罗帕温香渍，明月琼杯艳影消。留得玉梅遗挂在，亭亭素质带愁描。秋云罗帕见《丽情集》，明月杯见《神仙传》。

秋灯琐忆

蒋坦[1]

※ 注释 ※

❶ 蒋坦(约1818—1861):字蔼卿,浙江钱塘(今杭州)人,终生秀才。善文章,工书法。著有《息影庵初存诗集》及《夕阳红半楼词》二卷、《百合词》二卷。《秋灯琐忆》是蒋坦叙述与爱妻秋芙(关锳)生活琐事的散文,文辞优美,传情真切。秋芙约在咸丰四五年间亡故,而蒋坦在咸丰十一年(1861)为避太平军兵乱,投奔慈溪友人,后又回到杭州,不久饿死。

序

昔读易安居士所为《金石录》后序❶:赌茶读画,不少敷陈;镜槛书床❷,可想文采。今观蔼卿茂才《秋灯琐忆》一编❸,比水绘影梅诸作❹,情事殊科❺,词笔同美。夫其洞房七夕❻,始自定情。梵夹三乘❼,终于偕隐。十年湖上,千诗集中。环阶流水,所居楼台。当户远山,相对屏障。饮渌餐秀,倡妍酬丽。从来徐淑❽,不仅篇章;自是高

※ 注释 ※

❶ 易安居士:宋代女词人李清照之号。
❷ 镜槛(jiàn)书床:镜槛,指镜台。书床,指书架。朱彝尊《洞仙歌》云:"书床镜槛,记相连斜楄。"
❸ 茂才:即秀才。因避东汉光武帝名讳,改秀为茂。明清时入府州县学的生员叫秀才,也沿称茂才。
❹ 水绘影梅:水绘,指如皋冒襄所居水绘园。影梅,指冒襄所著《影梅庵忆语》。
❺ 殊科:不同,有差别。
❻ 七夕:乞巧节,传说为牛郎织女鹊桥相会之日。
❼ 梵夹:佛书。三乘:修佛之三种境界,即小乘、中乘、大乘。
❽ 从来:指人与人之间交际往还。徐淑:沉缓高雅。

柔,无虚爱玩❶。筼谷晚食❷,文不独游;莲庄夏清❸,赵乃双笑❹。闺房之事,有甚画眉❺;香艳之词,罔呴多口❻。恐讥麟楦❼,遂谢鹤书❽。诗好抱山❾,词工饮水❿。偶成小品,首示鄙人。间述闲情,弗删绮语。多生慧业,刹那前尘。顶礼金仙,心香琼馆。更积岁月,重出清新。神仙眷属之羡,当不止如漱玉之所序矣⓫。

※ 注释 ※

❶ 爱玩:喜好研习赏玩。此处指蒋坦爱好研磨切磋文学。

❷ 筼(yún)谷:筼筜(dāng)谷之省语,即长满竹子的坳地。苏轼《文与可画筼筜谷偃竹记》云:"筼筜谷在洋洲。与可尝令予作洋洲咏,筼筜谷其一也。"晚食:饥而后食,喻指甘于淡泊。

❸ 莲庄:莲花庄之省称,为赵孟頫所置别业,在今湖州。

❹ 赵乃双笑:意指赵孟頫与管道升夫妇生活欢洽。

❺ 画眉:指张敞画眉,事见《汉书·张敞传》。后世以"画眉"来形容夫妻感情融洽。

❻ 罔呴(xù):不谨慎。多口:多说,不该说而说。罔呴多口,指敢说,敢于表达。

❼ 麟楦(xuàn):麒麟楦(楦同"楥")之省语,唐朝人称演戏时身上套着麒麟形道具的驴子叫麒麟楦。比喻虚有其表没有真才的人物。

❽ 鹤书:书体名。也叫鹤头书。古时用于招贤纳士的诏书。亦借指征聘的诏书。"恐讥麟楦,遂谢鹤书",喻指蒋坦淡泊之性情。

❾ 抱山:指清代诗人王士禛《抱山集选》。

❿ 饮水:指清代词人纳兰性德《饮水词》。

⓫ 漱玉:指宋代女词人李清照《漱玉词》。

咸丰壬子岁六月辛丑立秋日皋亭山民魏滋伯书于小懋窝❶。

※ 注释 ※

❶ 咸丰壬子岁:公元1852年。魏滋伯(？—1861):晚清学者魏谦升,字滋伯。

忆语三种

道光癸卯闰秋❶,秋芙来归❷。漏三下❸,臧获皆寝❹。秋芙绾堕马髻❺,衣红绡之衣,灯花影中,欢笑弥畅,历言小年嬉戏之事。渐及诗词,余苦木舌拤不能下❻,因忆昔年有传闻其《初冬》诗云"雪压层檐重,风欺半臂单",余初疑为阿翘假托❼,至是始信。于时桂帐虫飞,倦不成寐。盆中素馨,香气瀸然,流袭枕簟❽。秋芙请联句,以观余才,余亦欲试秋芙之诗,遂欣然诺之。余首赋云

※ 注释 ※

❶ 道光癸卯闰秋:公元1843年的农历闰九月。
❷ 秋芙:关秋芙,名锳,钱唐(杭州)人,诸生蒋坦之妻。学书于魏滋伯、吴黟山,学画于杨渚白,学琴于李玉峰。善病工愁,终归学佛。她与女词人沈湘佩、沈湘涛词简往来,名闻江浙,著有《梦影楼词》《三十六芙蓉诗存》。
❸ 漏:指更次,时刻。漏三下,即三更。
❹ 臧获:对奴婢的一种称呼。清代钱泳《履园丛话》云:"古者奴婢皆有罪者为之,谓之臧获。"
❺ 堕马髻:亦称"坠马髻",古代妇女的一种发髻名。
❻ 木舌拤(jiǎo)不能下:舌头肿胀,举着不能放下。喻指蒋坦对秋芙的诗词造诣很感意外,惊讶得说不出话。
❼ 阿翘:唐文宗时的宫女沈阿翘,原是叛将吴元济的歌妓,曾为文宗奏《凉州曲》,音韵清越,听者无不悲伤,文宗感于沈阿翘之才,就让她在宫中执教。这里以阿翘指代秋芙。
❽ 簟(diàn):竹席。

"翠被鸳鸯夜",秋芙续云"红云蟙蟆楼❶。花迎纱幔月",余次续云"人觉枕函秋❷。"犹欲再续,而檐月暧斜,邻钟徐动,户外小鬟已喁喁来促晓妆矣❸。余乃阁笔而起❹。

数日不入巢园❺,阴廊之间,渐有苔色,因感赋二绝云:

一觉红蕤梦❻,朝来记不真。昨宵风露重,忆否忍寒人?

镜槛无人拂,房栊久不开。欲言相忆处,户下有青苔。

※ 注 释 ※

❶ 蟙蟆(zhí mò):秦汉时北方人对蝙蝠的称呼。

❷ 枕函:中间可以藏物的枕头。

❸ 喁(yú)喁:人语声。

❹ 阁:同"搁"。

❺ 巢园:蒋坦对自家园子的称呼。

❻ 红蕤(ruí):红蕤枕之省语。红蕤枕,似玉微红有纹如粟。亦借指绣枕。

时秋芙归宁三十五日矣,群季青绫❶,兴应不浅,亦忆夜深有人尚徘徊风露下否?

秋芙之琴,半出余授。入秋以来,因病废辍。既起,指法渐疏,强为理习❷,乃与弹于夕阳红半楼上。调弦既久,高不成音,再调则当五徽而绝❸。秋芙索上新弦,忽烟雾迷空,窗纸欲黑。下楼视之,知雏鬟不戒,火延幔帷。童仆扑之始灭。乃知猝断之弦,其谶不远❹,况五火数也❺,应徽而绝,琴其语我乎?

※ 注释 ※

❶ 群季青绫:群季,指弟弟们。李白《春夜宴桃李园序》:"群季俊秀,皆为惠连。"青绫,原指青色有纹的丝织物,古之贵族常用以制被帷帐。此处借指秋芙极具才华的妹妹们。相传东晋王凝之弟献之曾与宾客谈议,词理将屈,凝之妻"(谢)道韫遣婢白献之曰:'欲为小郎解围。'乃施青绫步鄣自蔽,申献之前议,客不能屈。"此后,青绫就成了称颂才女的典故。

❷ 理习:弹奏练习。理,指弹奏。

❸ 徽:原指系琴弦的绳,后用作抚琴标记的名称。古琴全弦共十三徽。此处是指第五徽。

❹ 谶(chèn):指将要应验的预言、预兆。

❺ 火数:与火有关的数字。《孙子兵法·火攻篇》:"凡火攻有五:一曰火人,二曰火积,三曰火辎,四曰火库,五曰火队。"

秋芙以金盆捣戎葵叶汁❶,杂于云母之粉❷,用纸拖染,其色蔚绿,虽澄心之制❸,无以过之。曾为余录《西湖百咏》,惜为郭季虎携去❹。季虎为余题《秋林著书图》云"诗成不用苔笺写,笑索兰闺手细钞",即指此也。秋芙向不工书,自游魏滋伯、吴黟山两丈之门,始学为晋唐格❺。惜病后目力较差,不能常事笔墨。然间作数字,犹是秀媚可人。

夏夜苦热,秋芙约游理安❻。甫出门,雷声殷殷,狂飙疾作。仆夫请回车,余以游兴方炽,强趣之行❼。未及

※ 注释 ※

❶ 金盆:铜制的盆,因铜色近金,故称金盆。戎葵:即蜀葵。两年生草本植物。花瓣五枚,有红、紫、黄、白等颜色。

❷ 云母:矿石名。俗称千层纸。晶体常成假六方片状,集合体为鳞片状。薄片有弹性。玻璃光泽,半透明,有白色、黑色、深浅不同的绿色或褐色等。

❸ 澄心:南唐烈祖李昪所居室名。宋陈师道《后山谈丛》卷二:"澄心堂,南唐烈祖节度金陵之燕居也。世以为元宗书殿,误矣。"南唐后主李煜所用的一种细薄光润的纸,以澄心堂得名。

❹ 郭季虎:晚清学人,名凤梁,杭州人,为沈朗亭尚书内弟,侨居苏州。少年倜傥,工四体书。

❺ 晋唐格:此处指晋唐书法的风格。晋王羲之的书法,深受世人所喜爱,其《兰亭序》字迹,为唐人双钩所摹勒。明陶宗仪《辍耕录》谓《兰亭》集刻有唐人双钩,又有晋唐刻,即指此。

❻ 理安:即理安寺,位于今杭州九溪风景区。

❼ 趣(cù):督促,催促。

南屏❶,而黑云四垂,山川暝合。俄见白光如练,出独秀峰顶❷,经天丈馀,雨下如注,乃止大松树下。雨霁更行❸,觉竹风骚骚,万翠浓滴,两山如残妆美人,蹙黛垂眉❹,秀色可餐。余与秋芙且观且行,不知衣袂之既湿也。时月查开士主讲理安寺席❺,留饭伊蒲❻,并以所绘白莲画帧见贻❼。秋芙题诗其上,有"空到色香何有相❽,若离文字岂能禅"之句。茶话既洽❾,复由杨梅坞至石屋洞❿,洞

※ 注释 ※

❶ 南屏:指南屏山,在杭州西湖南岸、玉皇山北,上有净慈寺。
❷ 独秀峰:此处是指临安、淳安两县间大明山之一峰。
❸ 霁(jì):指雨停。
❹ 黛:此处代指女子的眉毛。
❺ 开士:菩萨的异名。以能开自觉,又可开人生信心,故称。此处用作对僧人的敬称。
❻ 伊蒲:全称"伊蒲馔",即斋供、素食。《书言故事·释教》:"斋供食曰伊蒲馔。"此处指佛教徒所吃的斋饭。
❼ 贻(yí):赠,赠给。
❽ 相:佛教用语,指宇宙及世间所呈现出的所有事物。
❾ 洽:和洽,融洽。此处指相谈甚欢。
❿ 杨梅坞:位于杭州翁家山东南杨梅岭下,是九溪十八涧源头之一,旧时坞内盛产杨梅。石屋洞:位于杭州南高峰下的烟霞岭上,其洞高敞,洞顶如屋,因而得名。

中乱石排拱,几案俨然。秋芙安琴磐磴❶,鼓《平沙落雁》之操❷,归云滃然❸,涧水互答,此时相对,几忘我两人犹生尘世间也。俄而残暑渐收,暝烟四起,回车里许,已月上苏堤杨柳梢矣❹。是日,屋漏床前,窗户皆湿,童仆以重门锁扃❺,未获入视。俟归,已蝶帐蟁幮❻,半为泽国,呼小婢以筼笼熨之❼,五鼓始睡❽。

秋芙喜绘牡丹,而下笔颇自矜重。嗣从老友杨渚白

※ 注释 ※

❶ 磐磴:大石块。磐,大,巨大。磴,石阶。
❷ 《平沙落雁》:古琴曲名,最早见于《古琴正宗》(1634)。内容描写沙滩上群雁起落飞鸣、回翔呼应的情景。琵琶大曲中亦有同名乐曲,以不同曲调表现相似的内容和意境。
❸ 滃(wěng)然:形容云气腾涌的样子。
❹ 苏堤:在浙江省杭州市西湖中。北宋元祐年间,苏轼任杭州知府时在西湖堆泥筑堤,南起南屏山,北接岳王庙,将西湖一分为二,人称"苏堤",又称"苏公堤"。
❺ 重门锁扃(jiōng):指几道门都上了锁加了闩。扃,门闩。
❻ 蝶帐蟁幮(wén chú):指蚊帐。蟁,同"蚊"。此处帐、幮同义。
❼ 筼(yún)笼:罩在火炉上的竹笼。北周庾信《对烛赋》:"莲帐寒檠窗拂曙,筼笼熏火香盈絮。"倪璠注:"筼笼,竹火笼也。"
❽ 五鼓:指五更。北齐颜之推《颜氏家训·书证》:"汉魏以来,谓为甲夜、乙夜、丙夜、丁夜、戊夜;又云鼓,一鼓、二鼓、三鼓、四鼓、五鼓;亦云一更、二更、三更、四更、五更,皆以五为节。"亦指第五更。

游,活色生香,遂入南田之室❶。时同人中寓余草堂及晨夕过从者,有钱文涛、费子苕、严文樵、焦仲梅诸人❷,品叶评花,弥日不倦。既而钱去杨死,焦、严诸人各归故乡。秋芙亦以盐米事烦❸,弃置笔墨。惟馀纨扇一枚,犹为诸人合画之笔,精神意态,不减当年,暇日观之,不胜宾朋零落之感。

桃花为风雨所摧,零落池上,秋芙拾花瓣砌字,作《谒金门》词云:"春过半,花命也如春短。一夜落红吹渐满,风狂春不管。""春"字未成,而东风骤来,飘散满地,秋芙怅然。余曰:"此真个'风狂春不管'矣!"相与一笑而罢。

余旧蓄一绿鹦鹉,字曰"翠娘",呼之辄应。所诵诗句,向为侍儿秀娟所教。秀娟既嫁,翠娘饮啄常失时,日渐憔悴。一日,余起盥沐,闻帘外作细语声,恍如秀娟声吻,惊起视之,则翠娘也。杨枝去数月矣❹,翠娘有知,亦

※ 注释 ※

❶ 南田之室:意指进入南田画之意境堂奥。南田,即恽寿平(1633—1690),号南田,清江苏武进人,工诗画。创花卉画中的"没骨"法。
❷ 此句中"诸人",均是蒋坦交情很深的朋友。
❸ 盐米事:代指家庭饮食之事。
❹ 杨枝:原指白居易的侍妾樊素。樊素善唱《杨枝曲》,故以曲名人。后常用以为典指侍妾婢女或所思恋的女子。

忆教诗人否?

秋芙每谓余云:"人生百年,梦寐居半,愁病居半,襁褓垂老之日又居半,所仅存者,十之一二耳,况我辈蒲柳之质❶,犹未必百年者乎❷!庾兰成云❸:'一月欢娱,得四五六日。'想亦自解语耳。"斯言信然。

平生未作百里游。甲辰娥江之役❹,秋芙方病寒疾,欲更行期。而行装既发,黄头促我矣❺。晚渡钱江,飓风大作,隔岸越山,皆低鬟敛眉,郁郁作相对状,因忆子安《滕王阁序》云❻:"天高地迥,觉宇宙之无穷;兴尽

※ 注释 ※

❶ 蒲柳:即水杨。一种入秋就凋零的树木。南朝宋刘义庆《世说新语·言语》:"蒲柳之姿,望秋而落;松柏之质,经霜弥茂。"后因以比喻未老先衰,或体质衰弱。

❷ 百年:指百岁。《礼记·曲礼上》:"百年日期。"陈浩集说:"人寿以百年为期,故曰期。"

❸ 庾兰成:即庾信(513—581),南北朝时北周文学家,字子山,小字兰成。南阳新野(今属河南)人。善诗赋、骈文,文藻艳丽,与徐陵齐名,时称"徐庾体"。

❹ "甲辰"句:指道光二十四年(1844)蒋坦要到曹娥江去办事。娥江,即曹娥江,在今浙江省东北部,因曹娥庙而得名。役,差事。

❺ 黄头:童仆。《太平广记》卷二八一引唐薛渔思《河东记·独孤遐叔》:"复有公子女郎共十数辈,青衣黄头亦十数人,步月徐来,言笑宴宴。"

❻ 子安:诗人王勃之字,初唐四杰之一。

悲来，识盈虚之有数。"殊觉此身茫茫，不知当置何所。明河在天❶，残灯荧荧，酒醒已五更时矣。欲呼添衣，而罗帐垂垂，四无人应，开眼视之，始知此身犹卧舟中也。

秋月正佳，秋芙命雏鬟负琴，放舟两湖荷芰之间❷。时余自西溪归❸，及门，秋芙先出。因买瓜皮迹之❹，相遇于苏堤第二桥下。秋芙方鼓琴作《汉宫秋怨》曲❺，余为披襟而听❻。斯时四山沉烟，星月在水，玲珑杂鸣❼，不知天风声、环佩声也。琴声未终，船唇已移近漪园南岸矣❽。

※ 注释 ※

❶ 明河：天河，银河。唐宋之问《明河篇》："明河可望不可亲，愿得乘槎一问津。"

❷ 荷芰：荷叶与莲叶。芰，即菱。《国语·楚语上》："屈到嗜芰。"韦昭注："芰，菱也。"

❸ 西溪：位于杭州市区西部，距西湖五公里左右。又名沿山河，也称留下溪。

❹ 瓜皮：瓜皮船。一种简陋的小船。迹：跟踪，寻找。

❺ 《汉宫秋怨》：即《汉宫秋月》。

❻ 披襟：敞开衣襟。多喻舒畅心怀。战国楚宋玉《风赋》："有风飒然而至，王乃披襟而当之曰：'快哉此风！'"

❼ 玲珑：象声词。唐刘禹锡《牛相公见示新什依韵抒情》："玉柱玲珑韵，金觥雹凸棱。"

❽ 漪园：位于西湖雷峰塔脚下。清翟灏等人所辑《湖山便览》卷七云："甘园西址，明末为白云庵，岁久覆圮。国朝雍正间郡人汪献珍重加葺治，易名慈云，增构亭榭，杂莳卉木，沿堤为桥，以通湖水。乾隆二十二年圣驾临幸，御题'漪园'二字为额。"

因叩白云庵门❶。庵尼故相识也,坐次❷,采池中新莲,制羹以进。香色清冽,足沁肠腑,其视世味腥膻❸,何止薰莸之别❹。回船至段家桥❺,登岸,施竹簟于地,坐话良久。闻城中尘嚣声,如蝇营营,殊聒人耳❻。桥上石柱,为去年题诗处,近为蚍衣剥蚀❼,无复字迹。欲重书之,苦无中书❽。其时星斗渐稀,湖气横白,听城头更鼓,已沉沉第四通矣,遂携琴刺船而去❾。

※ 注释 ※

❶ 白云庵:可参见"漪园"注。其面临西湖,占地不广,结构古朴,风景清丽。在南宋时曾名"翠芳园",为内廷官人游憩之地,明末改名"白云庵"。

❷ 坐次:依次坐好。

❸ 腥膻(shān):肉食。膻,同膻。

❹ 薰莸(yóu):香草和臭草。《左传·僖公四年》:"一薰一莸,十年尚犹有臭。"杜预注:"薰,香草;莸,臭草。"

❺ 段家桥:即断桥,在西湖白堤上。自唐以来已有断桥名。或言本名宝祐桥,又名段家桥。

❻ 聒人耳:即聒耳,指声音刺耳。

❼ 蚍(pín)衣:蛙蚍衣之省语,指青苔,又称苔衣。唐刘禹锡《再经故元九相公宅池上作》诗:"雁鹜群犹下,蛙蚍衣已生。"

❽ 中书:毛笔的别称,"中书君"的省称。唐韩愈作寓言《毛颖传》,称毛笔为毛颖。言颖居中山,为蒙恬所获,献于秦皇,秦皇封之于管城,号管城子,"累拜中书令,与上益狎,上尝呼为中书君"。

❾ 刺船:撑船。《庄子·渔父》:"乃刺船而去,延缘苇间。"

余莲村来游武林❶,以惠山泉一瓮见饷❷。适墨俱开士主讲天目山席❸,亦寄头纲茶来❹。竹炉烹饮,不啻如来渧水❺,遍润八万四千毛孔,初不待卢仝七碗也❻。莲村止余草堂十有馀日,剪烛论文,有逾胶漆。惜言欢未终,饥为驱去,树云相望❼,三年于兹矣。常忆其论吴门诸子诗,极称觉阿开士为闻见第一。觉阿以名秀才剃落佛

※ 注释 ※

❶ 余莲村:清人余治之号。余治(1809—1874),近代戏曲作家。字翼廷,号莲村、晦斋、寄云山人,晚署木铎先生。江苏无锡人。主要作品有《后劝农》《活佛阁》《同胞案》《义民记》《海烈妇记》《岳侯训子》《英雄谱》等。武林:旧时杭州的别称,以武林山得名。

❷ 惠山泉:无锡惠山所出之泉水。

❸ 天目山:山名。在浙江临安市境内。分东西两支:东支名东天目山,西支名西天目山。

❹ 头纲茶:指清明前出的新茶。清沈初《西清笔记·纪庶品》:"龙井新茶,向以谷雨前为贵,今则于清明节前,采者入贡,为头纲。"

❺ 不啻(chì):不仅,如同。渧(dī):同"滴"。《敦煌变文集·大目乾连冥间救母变文》:"咽如针孔,渧水不通。"

❻ 卢仝(tóng)七碗:唐代诗人卢仝作《走笔谢孟谏议寄新茶》,世称《饮茶歌》,或称《七碗茶歌》,极赞茶之妙用:"一碗喉吻润;两碗破孤闷;三碗搜枯肠,唯有文字五千卷;四碗发轻汗,平生不平事,尽向毛孔散;五碗肌骨清;六碗通仙灵;七碗吃不得也,唯觉两腋习习清风生。"

❼ 树云相望:比喻距离虽远,但彼此想念。

前,磨砖十年❶,得正法眼藏❷。所居种梅三百馀本,香雪满时❸,跌坐其下❹,禅定既起❺,间事吟咏。有《咏怀诗》云:"自从一见《楞严》后❻,不读人间糠粕书。"昔简斋老人论

※ 注 释 ※

❶ 磨砖:比喻艰苦修行。《景德传灯录·慧能大师》:"开元中,有沙门道一住传法院,常日坐禅,师知是法器,往问曰:'大德坐禅图什么?'一曰:'图作佛。'师乃取一砖于彼庵前石上磨。一曰:'师作什么?'师曰:'磨作镜。'一曰:'磨砖岂得成镜邪?'师曰:'坐禅岂得作佛邪?'"

❷ 正法眼藏:禅宗用来指全体佛法(正法)。朗照宇宙谓眼,包含万有谓藏。后多指正宗嫡传的精义和要诀。宋朱熹《答陈同甫书》:"盖修身事君,初非二事,不可作两般看。此是千圣相传的正法眼藏"。法眼,佛教语,"五眼"之一,是菩萨为度脱众生而照见一切法门之眼。清俞樾《茶香室三钞·佛肉眼见四十里》:"佛氏五眼:一曰肉眼,二曰天眼,三曰慧眼,四曰法眼,五曰佛眼。"

❸ 香雪:指梅花。清厉荃《事物异名录·花卉·梅》:"《湖壖杂记》:湖墅有三胜地,西溪之梅名曰香雪。"

❹ 跌(fū)坐:僧人的一种坐姿。即跌跏,双足交叠而坐。

❺ 禅定:佛教禅宗修行方法之一。静坐敛心,专注一境,久之达到身心安稳、观照明净的境地,即为禅定。

❻ 《楞严》:即《楞严经》,全称《大佛顶如来密因修证了义诸菩萨万行首楞严经》。又名《中印度那烂陀大道场经》。简称《楞严经》《首楞严经》《大佛顶经》《大佛顶首楞严经》。唐般剌密谛译。十卷。

《华严经》云❶："文义如一桶水，倒来倒去。"❷不特不解《华严》，直是未见《华严》语。以视觉阿，何止上下床之别耶❸！惜未见全诗，不胜半偈之憾❹。闻莲村近客毗陵❺，暇日当修书问之❻。

夜来闻风雨声，枕簟渐有凉意。秋芙方卸晚妆，余坐案傍，制《百花图记》，未半，闻黄叶数声，吹堕窗下。秋芙

※ 注释 ※

❶ 简斋老人：指袁枚。袁枚（1716—1798），清代诗人、诗论家。字子才，号简斋，晚年自号仓山居士，钱塘（今浙江杭州）人。与赵翼、蒋士铨合称为"乾嘉三大家"。《华严经》：《大方广佛华严经》的简称。大乘佛教要典之一。

❷ "文义"两句：袁枚《随园诗话》第十五卷五十六则：或问："杨升庵（杨慎）有句云：'一桶水倾如佛语，两重纱夹起江波。'应作何解？"余按：徐骑省（徐铉）不喜佛经，常云："《楞严》《法华》，不过以此一桶水，倾入彼一桶中。倾来倒去，还是此一桶水。识破毫无馀味。"此升庵所本也。

❸ 上下床之别：汉末许汜遭乱过下邳，见陈登，登轻视汜，自上大床卧，使汜卧下床。后汜以此事告刘备，备曰："君求田问舍，言无所采，是元龙（陈登之字）所讳也，何缘当与君语？如小人，欲卧百尺楼上，卧君于地，何但上下床之间邪？"见《三国志·魏志·陈登传》。后因以"上下床"喻高低悬殊。

❹ 偈：梵语"偈佗"（Gatha）的简称，即佛经中的唱颂词。通常以四句为一偈。

❺ 毗陵：古地名。在今江苏常州一带。

❻ 修书：写信。南朝宋刘义庆《世说新语·雅量》："饷米千斛，修书累纸，意寄殷勤。"

顾镜吟曰："昨日胜今日，今年老去年。"余怃然云："生年不满百，安能为他人拭涕！"辄为掷笔。夜深，秋芙思饮，瓦钓温暾❶，已无馀火，欲呼小鬟，皆蒙头户间，为趾离召去久矣❷。余分案上灯置茶灶间，温莲子汤一瓯饮之❸。秋芙病肺十年，深秋咳嗽，必高枕始得熟睡。今年体力较强，拥髻相对❹，常至夜分，殆眠餐调摄之功欤？然入秋犹未数日，未知八九月间更复何如耳。

余为秋芙制梅花画衣，香雪满身，望之如绿萼仙人❺，翩然尘世。每当春暮，翠袖凭栏，鬓边蝴蝶，犹栩栩然不知东风之既去也。

※ 注释 ※

❶ 瓦钓：用线绳穿缚之并可吊于火上加热的土罐。温暾(tūn)：微暖；不冷不热。唐王建《官词》之四八："新晴草色绿温暾，山雪初消渖水浑。"

❷ 趾离：梦神名。唐冯贽《记事珠·梦神》："梦神曰趾离，呼之而寝，梦清而吉。"

❸ 瓯：杯、碗之类的饮器，此处用作量词。宋邵雍《安乐窝中吟》："有酒时时泛一瓯，年将七十待何求。"

❹ 拥髻：捧持发髻。

❺ 绿萼：绿萼梅的省称。清赵翼《王楼村先生十三本梅花书屋图》诗："绿萼六株红七株，屋后屋前各分界。"

扫地焚香,喻佛法耳,谓如此即可成佛,则值寺阇黎❶,已充满极乐国矣❷。秋芙性爱洁,地有纤尘,必亲事箕帚❸。余为举王栖云偈云❹:"日日扫地上,越扫越不净。若要地上净,撇却苕帚柄。"❺秋芙卒不能悟。秋芙辨才十倍于我❻,执于斯者❼,良亦积习使然。

余居湖上十年,大人月给数十金❽,资余盐米。余以挥霍,每至匮乏,夏葛冬裘,递质递赎❾,敝箧中终岁常空

※ 注 释 ※

❶ 阇(shé)黎:即"阇梨",梵语"阿阇梨"的省称。意谓高僧。亦泛指僧。《梁书·侯景传》:"(僧通)初言隐伏,久乃方验,人并呼为阇梨,景甚信敬之。"

❷ 极乐国:指极乐世界。

❸ 箕帚:指以箕帚扫除,代指操持家内杂务。

❹ 王栖云(1177—1263):元代全真道士,法号志谨,又称栖云真人。

❺ "日日"四句:栖云真人王志谨《盘山语录》:"或问曰:某念念相续,扫除不尽,如何即是? 答云:朝日扫心地,扫着越不静。欲要心地静,撇下苕帚柄。其人拜谢。"

❻ 辨才:佛教语。谓善于宣讲佛法之才。《华严经·十行品》:"超出世间大论师,辨才第一狮子吼。"辨,通"辩"。

❼ 执:固执;坚持。《庄子·人间世》:"将执而不化,外合而内不訾,其庸距可乎?"

❽ 大人:此处指对父母辈的敬称。《史记·高祖本纪》:"高祖奉玉卮,起为太上皇寿,曰:'始大人常以臣无赖,不能治产业,不如仲力。'"

❾ 质:此处指去典当物品。

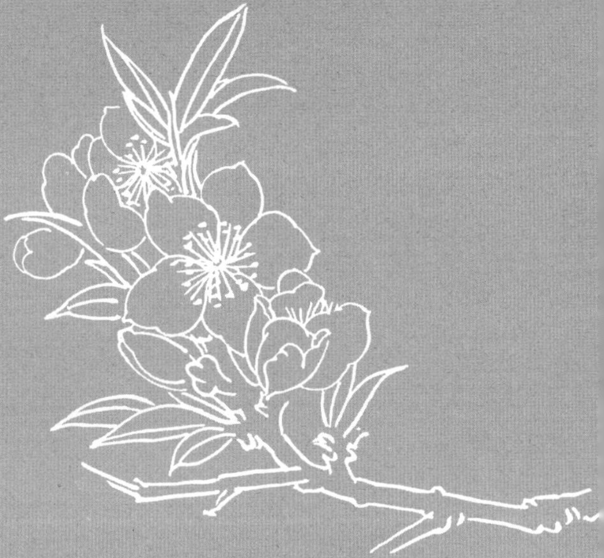

一覺紅蕤夢朝來記不真
昨宵風露重憶否忍寒人
鏡檻無人拂房櫳久不開
欲言相憶處戶下有青苔

蔣坦詩一首

朵歲尾 熙春

秋燈瑣記之
詠春花老去
乙未暮春
鳳操作

秋灯琐忆·桃花砌字

蒋坦诗

一寒至此怜张禄
再拥无由惜谢耽
箧为频搜卿有意
禅犹可挂我何惭

乙未年 潘水熙春书

秋灯琐记・草堂文酒

久未城西過，料如今夕陽樓畔芭蕉新大日，東風吹暮雨聞道病愁無那況幾日妝臺梳裏紙衫兒寒易中算相宜還是攤衾臥切莫向夜深坐

蔣坦 賀新涼詞上闋

乙未歲暮 潘水孫熙春書

秋灯琐忆·戏题芭蕉

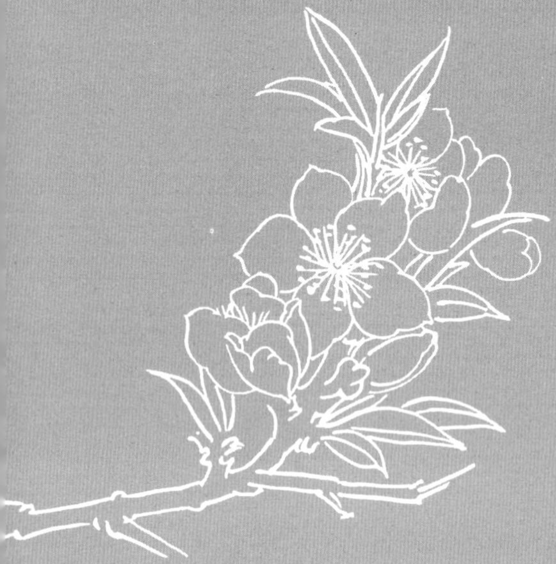

空也。曾赋诗示秋芙云："一寒至此怜张禄❶,再拥无由惜谢耽❷。箧为频搜卿有意,裈犹可挂我何惭❸。"纪实也。

丁未冬❹,伊少沂大令课最北行❺,余饯之草堂,来会者二十馀人。酒次,李山樵鼓琴,吴康甫作擘窠书❻,吴乙杉、杨渚白、钱文涛分画四壁,馀或拈韵赋诗,清谈瀹茗❼。惟施庭午、田望南、家宾梅十馀人,踞地赌霸王拳,

※ 注释 ※

❶ 张禄:战国魏范雎的化名。范雎是战国时的魏人,因得罪魏相,潜逃入秦为秦相,改名为张禄。后来魏使须贾于秦,范雎微行敝衣见须贾,留与坐,饮食,曰:"范叔一寒如此哉!"于是取一绨袍赠之。

❷ 谢耽:典出唐朱揆《钗小志·谢郎衣》:"苏紫芳爱谢耽,咫尺万里,靡由得亲。遣侍儿假耽恒著小衫,昼则私服于内,夜则拥之而寝。耽知之,寄以诗曰:'苏娘一别梦魂稀,来借青衫慰渴饥。若使闲情重作赋,也应愿作谢郎衣。'谢亦取女衵服衷之。后为夫妇。"

❸ 裈:满裆裤。以别于无裆的套裤而言。《急就篇》卷二:"襜褕夹复褶裤裈。"颜师古注:"合裆谓之裈,最亲身者也。"

❹ 丁未:道光二十七年(1847)。

❺ 大令:古时县官多称令,后以大令为对县官的敬称。课最:古时朝廷对官吏定期考核,检查政绩,政绩最好的称"课最"。《汉书·儿宽传》:"输租襁属不绝,课更以最。"

❻ 擘(bò)窠:写字、篆刻时,为求字体大小匀整,以横直界线分格,叫"擘窠"。擘,划分;窠,框格。

❼ 瀹(yuè)茗:煮茶。宋陆游《与儿孙同舟泛湖》诗:"酒保殷勤邀瀹茗,道翁伛偻出迎门。"

狂饮疾呼，酒尽数十觥不止❶。是夕，风月正佳，余留诸人为长夜饮。羊灯既上❷，洗盏更酌，未及数巡，而呼酒不至。讶询秋芙，答云："瓶罍罄矣❸。床头惟馀数十钱，余脱玉钏换酒，酒家不辨真赝，今付质库❹，去市远，故未至耳。"余为诵元九"泥他沽酒拔金钗"诗❺，相对怅然。是集得诗数十篇，酒尽八九瓮，数年来文酒之乐，于斯为盛。自此而后，踪迹天涯，云萍聚散，余与秋芙亦以尘事相羁❻，不能屡为山泽游矣。

秋芙素不工词，忆初作《菩萨蛮》云："莫道铁为肠，铁肠今也伤。"造意尖新❼，无板滞之病。其后余游山阴❽，

※ 注释 ※

❶ 觥(gōng)：盛酒或饮酒器。此处用作量词。
❷ 羊灯：用竹丝扎成外糊以纸的羊形灯。
❸ 罍(léi)：古代的一种容器。外形或圆或方，小口，广肩，深腹，圈足，有盖和鼻，与壶相似。用来盛酒或水。
❹ 质库：当铺。唐李肇《唐国史补》卷中："扬州富商大贾，质库酒家，得王四舅一字，悉奔走之。"
❺ 元九：唐代诗人元稹的别称。元稹排行第九，因以称之。
❻ 羁：萦扰；被牵制。
❼ 造意尖新：构思新奇。
❽ 山阴：古县名，在今浙江绍兴。秦始皇三十七年(前210)东巡至会稽，更名大越曰山阴，山阴县名始于此。

秋芙制《洞仙歌》见寄，气息深稳，绝无疵颣❶，余始讶其进境之速。归后索览近作，居然可观，乃知三日之别，固非昔日阿蒙矣❷。昔瑶花仙史降乩巢园❸，目秋芙为昙阳后身❹，观其辨才，似亦可信。加以长斋二十年，《楞严》《法华》熟诵数千卷，定而生慧❺，一指半偈，犹能言下了悟，况区区文字间乎！昔人谓"书到今生读已迟"，余于秋芙信之矣。

秦亭山西去二十里❻，地名西溪，余家槐眉庄在焉。缘溪而西，地多芦苇，秋风起时，晴雪满滩❼，水波弥漫，上

※ 注释 ※

❶ 疵颣(lèi)：缺点，毛病。

❷ 阿蒙：指三国时吴国吕蒙。原为一介武夫，后笃志苦学，鲁肃称其"学识英博，非复吴下阿蒙"，吕蒙云："士别三日，即更刮目相待。"事见《三国志·吴志·吕蒙传》裴松之注。

❸ 降乩：扶乩时神灵降下旨意。

❹ 昙阳：明代女道士昙阳子。明王锡爵之女，名焘贞，号昙阳子。曾许配徐景韶，未嫁而死。幼奉观音大士，世传其得道化仙而去。遂为童真得道之典实。

❺ 定：梵语的意译，三学或六度之一。指心专注于一境而不散乱。

❻ 秦亭山：杭州西溪南岸诸山之一，相传因宋代文人秦观在山上修亭而得名。

❼ 晴雪：用以喻白色之物。此处代指秋天已枯的芦苇。

下一色。芦花深处,置精蓝数椽❶,以奉瞿昙❷,曰"云章阁"。阁去庄里馀,复涧回溪,非苇杭不能到也❸。时有佛缘僧者,居华坞心斋,相传戒律精严,知未来之事。乙巳秋❹,余因携秋芙访之,叩以面壁宗旨❺,如瞆如聋,鼻孔撩天❻,曷胜失笑❼。时残雪方晴,堂下绿梅,如尘梦初醒,玉齿粲然❽。秋芙约为永兴寺游❾,遂与登二雪堂❿,

※ 注释 ※

❶ 精蓝:佛寺;僧舍。精,精舍;蓝,阿兰若,梵语的音译,意译为寂静处或空闲处,后用以称一般佛寺。

❷ 瞿昙:释迦牟尼的姓。一译乔答摩(Gautama)。此处作佛的代称。

❸ 苇杭:此处指划小船。《诗·卫风·河广》:"谁谓河广,一苇杭之。"后以"一苇"为小船的代称。

❹ 乙巳:道光二十五年(1845)。

❺ 面壁:佛教语,指面向墙壁,端坐静修。《五灯会元·东土祖师·菩提达磨大师》:"当魏孝明帝孝昌三年也,寓止于嵩山少林寺,面壁而坐,终日默然。人莫之测,谓之壁观婆罗门。"后因以称坐禅。

❻ 鼻孔撩天:仰起头来鼻孔朝天,形容高傲自大。宋陆游《入蜀记》卷五:"荆州绝无禅林,惟二圣而已。然蜀僧出关,必走江浙,回者又已自谓有得,不复参叩。故语云:'下江者疾走如烟,上江者鼻孔撩天。徒劳他二佛打供,了不见一僧坐禅。'"

❼ 曷胜:何胜。用反问语气表示不胜。

❽ 粲然:笑貌。

❾ 永兴寺:唐代名寺,座落于杭州安乐山。

❿ 二雪堂:在永兴寺内,今已不存。

观汪夫人方佩书刻❶。还坐溪上,寻炙背鱼、翦尾螺,皆颠师胜迹❷。明日更游交芦、秋雪诸刹❸,寺僧以松萝茶进❹,并索题《交芦雅集图卷》。回船已夕阳在山,晚钟催饭矣。霜风乍寒,溪上澄波粼粼,作皱縠纹。秋芙时着薄棉,有寒色,余脱半臂拥之。夜半至庄,吠尨迎门❺,回望隔溪渔火,不减鹿门晚归时也❻。秋芙强余作纪游诗,遂与挑灯命笔,不觉至曙。

秋芙有停琴伫月小影,悬之寝室,日以沈水供之❼。

❈ 注释 ❈

❶ 汪夫人:指汪端(1793—1839),清代才女,字允庄,号小韫,《香畹楼忆语》作者陈裴之的妻子。详见前《香畹楼忆语》注。

❷ 颠师胜迹:指宋朝释道济(济公和尚)留下的印迹。

❸ 刹(chà):佛寺。

❹ 松萝茶:茶名。因产于安徽省歙县松萝山,故名。明许次纾《茶疏·产茶》:"若歙之松罗,吴之虎邱,钱唐之龙井,香气馥郁,并可雁行。"

❺ 吠尨(máng):吠叫的狗。语本《诗·召南·野有死麇》:"舒而脱脱兮,无感我帨兮,无使尨也吠。"

❻ 鹿门晚归:此处指傍晚时蒋坦游完诸刹返回。鹿门,即鹿门山,在湖北省襄阳县,借指隐士所居之地。

❼ 沈水:沉香。晋嵇含《南方草木状·蜜香沉香》:"木心与节坚黑,沉水者为沉香,与水面平者为鸡骨香。"后因以"沉水"借指沉香。沈,即沉。

将归,戏谓余曰:"夜窗孤寂,留以伴君,君当酬以瓣香❶。无扃置空房,令娥眉有秋风团扇悲也❷。"

晓过妇家❸。窗棂犹闭,微闻仓琅一声,似鸾篦堕地❹,重帘之中,有人晓妆初就也。时初日在梁,影照窗户,盘盘腻云❺,光足鉴物,因忆微之诗云❻:"水晶帘底看梳头。"古人当日,已先我消受眼福。

关、蒋故中表亲❼。余未聘时❽,秋芙每来余家,绕床

※ 注释 ※

❶ 瓣香:佛教语。犹言一瓣香、一炷香。佛教禅宗长老开堂讲道,烧至第三炷香时,长老即云这一瓣香敬献传授道法的某某法师。后以"一瓣香"指师承或仰慕某人。

❷ 秋风团扇:秋日凉风至,扇子遂弃置不用。常以喻女子色衰失宠。汉班婕妤《怨歌行》:"新裂齐纨素,皎洁如霜雪。裁为合欢扇,团团似明月。出入君怀袖,动摇微风发。常恐秋节至,凉风夺炎热。弃捐箧笥中,恩情中道绝。"

❸ 妇家:妻子的娘家。

❹ 鸾篦:鸾凤形的篦梳。唐李贺《秦宫诗》:"鸾篦夺得不还人,醉睡氍毹满堂月。"

❺ 腻云:比喻光泽的发髻。《太平广记》卷一五二引《德璘传》:"韦氏美而艳,琼英腻云,莲蕊莹波,露濯薜姿。"

❻ 微之:唐诗人元稹之字。

❼ 中表:清梁章钜《称谓录·母之兄弟之子》:"中表犹言内外也。姑之子为外兄弟,舅之子为内兄弟,故有中表之称。"

❽ 聘:聘娶正妻。《礼记·内则》:"聘则为妻,奔则为妾。"

弄梅,两无嫌猜❶。丁亥元夕❷,秋芙来贺岁,见于堂前。秋芙衣葵绿衣,余着银红绣袍,肩随额齐❸,钗帽相傍。张情齐丈方居巢园,谓大人曰:"俨然佳儿佳妇。"大人遂有丝萝之意❹。后数月,巢园鼠姑作花❺,大人招亲朋,置酒花下。秋芙随严君来❻。酒次,秋芙收筵上果脯,藏帕中。余夺之,秋芙曰:"余将携归,不汝食也。"余戏解所系巾,曰:"以此缚汝,看汝得归去否?"秋芙惊泣,乳妪携去始解。大人顾之而笑。因倩俞霞轩师为之蹇修❼,筵上聘

※ 注释 ※

❶ "绕床"两句:语出唐李白《长干行》之一:"郎骑竹马来,绕床弄青梅。同居长干里,两小无嫌猜。"

❷ 丁亥元夕:道光七年(1827)正月十五日晚上。

❸ 肩随额齐:喻指形影不离。肩随,古时年幼者事年长者之礼,并行时斜出其左右而稍后。额齐,指头靠着头。

❹ 丝萝:菟丝、女萝均为蔓生,缠绕于草木,不易分开,诗文中常用以比喻结为婚姻。

❺ 鼠姑:牡丹的别名。唐陆龟蒙《偶掇野蔬寄袭美》诗:"行歌每依鸦舅影,挑频时见鼠姑心。"

❻ 严君:父母之称。《易·家人》:"家人有严君焉,父母之谓也。"

❼ 倩(qìng):请;恳求。蹇(jiǎn)修:指媒妁。晋郭璞《游仙诗》之二:"灵妃顾我笑,粲然启玉齿。蹇修时不存,要之将谁使。"

定。自后数年,绝不相见。大人以关氏世有姻娅❶,岁时仍率余往趋谒,故关氏之庭,迹虽疏,未尝绝也。忆壬辰新岁❷,余往,入门见青衣小鬟,拥一粲姝上车而去❸。俄闻屏间笑声,乃知出者即为秋芙。又一年,圜桥试近❹,妻父集同人会文,意在察婿。置酒后堂,余列末座。闻湘帘之中,环玉相触,未知有秋芙在否。又一年,余行市间,忽车雷声中,帘幰疾卷❺,中有丽人,相注作熟视状。最后一车,似是妻母,意卷帘人即膝前娇女也。又一年,余举弟子员❻,大人命余晋谒❼。庭遇秋芙,戴貂茸,立蜜梅花下。俄闻银钩一声,无复鸿影。余自聘及迎,相去凡十五

※ 注释 ※

❶ 姻娅:亦作"姻亚",指有婚姻关系的亲戚。《诗·小雅·节南山》:"琐琐姻亚,则无膴仕。"

❷ 壬辰:道光十二年(1832)。

❸ 粲姝:美女。

❹ 圜(huán)桥:《后汉书·儒林列传序》:"飨射礼毕,帝正坐自讲,诸儒执经问难于前,冠带缙绅之人,圜桥门而观听者盖亿万计。"李贤等注引《汉官仪》曰:"辟雍四门外有水,以节观者。"四门以桥通,故称圜桥门。这里代指科考。

❺ 帘幰(xiǎn):车之帘子与帷幔。

❻ 弟子员:明清时对县学里生员的称谓。

❼ 晋谒:进见,谒见。

年,五经邂逅,及却扇筵前❶,剪灯相见,始知颊上双涡,非复旧时丰满矣。今去结缡又复十载❷,余与秋芙皆鬓有霜色,未知数年而后,更作何状?忽忽前尘,如梦如醉,质之秋芙❸,亦忆一二否?

秋芙谓元九《长庆集》诗,如土饭尘羹,食者不知有味,惟《悼亡》三诗,字字泪痕,不堕浮艳之习。余曰:"未必不似宋考功于刘希夷事耳❹。不然,微之轻薄小人,安能为此刻骨语?"

余读《述异记》云"龙眠于渊,颔下之珠,为虞人所得,龙觉而死",不胜叹息。秋芙从旁语曰:"此龙之罪也。颔下有珠,则宜知宝。既不能宝而为人得,则唏嘘云雨,与

※ 注释 ※

❶ 却扇:古代行婚礼时新妇用扇遮脸,交拜后去之。后用以指完婚。
❷ 结缡:古代嫁女的一种仪式。女子临嫁,母亲为之系结佩巾。此处指男女结婚。唐乔知之《杂曲歌辞·定情篇》:"由来共结缡,几人同匪石。"
❸ 质:询问。
❹ 宋考功:宋之问,唐朝诗人,字延清,唐中宗景龙年间为考功员外郎。刘希夷:唐朝诗人,善为从军闺情之诗,词调哀苦,为时所重。旧云刘为宋之甥,刘有诗云"年年岁岁花相似,岁岁年年人不同",宋爱此两句,"知其未示人,恳乞,许而不与。之问怒,以土袋压杀之。"(《刘宾客嘉话录》)此处蒋坦认为元稹《悼亡》三诗有抄袭之嫌,故用此典。

虞人相持江湖之间,珠可还也。而以身殉之,龙则逝矣。而使珠落人手,永无还日,龙岂爱珠者哉?"余默然良久,曰:"不意秋芙亦能作议论,大奇。"

葛林园为招贤寺遗址❶,有水榭数楹❷,俯瞰竹石,榭下有池,短彴横架其上❸。池偏凌霄花一本,藤蔓蜿蜒,相传为唐宋时物,诗僧半颠及其师破林,驻锡于此数十年矣❹。己酉初夏❺,积潦成灾❻,余所居草堂,已为泽国。半颠以书相招,遂与秋芙往借居焉。是时,城市可以行舟,所交宾朋,无不中隔。日与半颠谈禅,间以觞咏,悠悠忽忽,不知人间有岁月矣。闻岳坟卖馂馅馒首❼,日使赤脚婢数钱买之❽。啖食既饱,分饲池

※ 注释 ※

❶ 招贤寺:古寺,始建于唐,遗址位于今杭州北山街。
❷ 水榭:建筑在水边或水上,供人们游憩眺望的亭阁。
❸ 彴(zhuó):此处指独木桥。《初学记》卷七引《广志》:"独木之桥曰榷,亦曰彴。"
❹ 驻锡:僧人出行,以锡杖自随,故称僧人住止为驻锡。
❺ 己酉:道光二十九年(1849)。
❻ 潦:同"涝",即水淹,积水成灾。
❼ 馂(jùn)馅:一种包馅的面食。
❽ 赤脚婢:指婢女。唐韩愈《寄卢同》诗:"一奴长须不裹头,一婢赤脚老无齿。"

鱼。秋芙起拊栏楯❶,误堕翠簪,水花数圈,杳不能迹,惟簪上所插素馨,漂浮波上而已。池偏为梁氏墓庐❷,庐西有门,久鞠茂草❸。庐居梁氏族子数人,出入每由寺中。梁有劣弟,贫乏不材。余居月馀,阋墙之声❹,未歇于耳。一日,余行池上,闻剥啄声。寺僧方散午斋,余为启扉。有毡笠布衣者,问梁某在否,余为指示。其人入梁氏庐,余亦闭门。半颠知之,因见梁,问来者云何,梁曰:"无之。"相与遍索室中,不得。惟东偏小楼,扃闭甚固,破窗而入,其弟已缢死床上矣,乃知叩门者缢死鬼耳!自后鬼语啾啾,夜必达旦,梁以心悝迁去❺。余与秋芙虽恃《楞

※ 注释 ※

❶ 栏楯:栏杆。《史记·袁盎晁错列传》"百金之子不骑衡"裴骃集解引三国魏如淳曰:"衡,楼殿边栏楯也。"司马贞索隐:"《纂要》云:宫殿四面栏,纵者云槛,横者云楯。"

❷ 墓庐:墓旁之屋。古人为守父母、师长之丧,筑室墓旁,居其中以守墓。

❸ 鞠茂草:即鞠为茂草,谓杂草塞道。形容衰败荒芜的景象。鞠,通"鞫",穷尽。《晋书·石勒载记》:"诚知晋之宗庙鞠为茂草,亦犹洪川东逝,往而不还。"

❹ 阋(xì)墙:语本《诗·小雅·常棣》:"兄弟阋于墙,外御其务。"谓兄弟相争于内。

❺ 悝(kuāng):畏怯,恐惧。《说文·心部》:"悝,怯也。"

严》卫护之力,而阴霾逼人,究难长处。时水潦已退,旋亦移归草堂,嗣闻半颠飞锡南屏❶。余不过此寺又数年矣。未知近日楼中,尚复有人居住否?

枕上不寐,与秋芙论古今人材,至韩擒虎❷。余曰:"擒虎生为上柱国❸,死不失为阎罗王,亦侥幸甚矣。"秋芙笑曰:"特张嫦娥诸人之冤❹,无可控告,奈何?"

大人晚年多疴❺,余与秋芙结坛修玉皇忏仪四十九日❻。秋芙作骈俪疏文❼,辞义奥艳,惜稿无遗存,不可记

※ 注释 ※

❶ 飞锡:佛教语。指僧人游方。

❷ 韩擒虎(538—592):隋朝名将,原名擒豹,字子通,河南东垣(今河南新安县东)人。《隋书·韩擒虎传》载有其"生为上柱国,死作阎罗王"故事。

❸ 上柱国:官名。战国楚制,凡立覆军斩将之功者,官封上柱国,位极尊宠。北魏置柱国大将军,北周增置上柱国大将军,唐宋也以上柱国为武官勋爵中的最高级,柱国次之。历代沿用,清废。

❹ 张嫦娥:即张丽华,为陈后主宠妃。《南部烟花记》载,陈后主为张丽华建桂官于光昭殿后,谓之月宫。帝每入宴,呼丽华为张嫦娥。隋将韩擒虎伐陈,俘陈后主等人。

❺ 疴(kē):疾病。

❻ 结坛:也称"起坛",指设置戒坛,举行法事。玉皇忏仪:指道教中的玉皇忏仪,有《玉皇宥罪锡福宝忏》《高上玉皇满愿宝忏》。

❼ 骈丽疏文:指骈体文。宋俞文豹《吹剑四录》:"既曰言不文,岂堪作骈俪。"

忆。维时霜风正秋,瓶中黄菊,渐有佳色。夜深钟磬一鸣,万籁皆伏。沉烟笼罩中,恍觉上清宫阙❶,即现眼前,不知身在人世间也。

秋芙所种芭蕉,已叶大成阴,荫蔽帘幕。秋来雨风滴沥,枕上闻之,心与俱碎。一日,余戏题断句叶上云:"是谁多事种芭蕉,早也潇潇,晚也潇潇。"明日见叶上续书数行云:"是君心绪太无聊,种了芭蕉,又怨芭蕉。"字画柔媚,此秋芙戏笔也,然余于此,悟入正复不浅❷。

春夜扶鸾❸,瑶花仙史降坛,赋《双红豆》词云:

风丝丝,雨丝丝,谁使花粘蛛网丝?春光留一丝。　烟丝丝,柳丝丝,侬与红蚕同有丝。蚕丝侬鬓丝。

又《贺新凉》赠秋芙云:

※ 注 释 ※
❶ 上清:道家所称的三清境之一。
❷ 悟入:佛教语,谓觉知并证入实相之理。语本《法华经·方便品》:"欲令众生悟佛知见故出现于世;欲令众生入佛知见故出现于世。"
❸ 扶鸾:扶乩。传说神仙来时驾凤乘鸾,故名。

久未城西过。料如今,夕阳楼畔,芭蕉新大。日日东风吹暮雨,闻道病愁无那❶。况几日妆台梳裹❷。纸薄衫儿寒易中,算相宜还是拥衾卧。切莫向,夜深坐。 西池已谢桃花朵。恁青鸾天天来去,书儿无个。一卷《楞严》应读遍,能否情禅参破?问归计甚时才可?双凤归来星月下,好细斟元碧相称贺❸。须预报,玉楼我❹。

甲辰岁,仙史曾降笔草堂,指示金丹还返之道❺,故有"久未西城过"之语。

忆戊申秋日❻,寄秋芙七古一首,诗云:

※ 注释 ※

❶ 无那(nuò):无奈,无可奈何。
❷ 梳裹:梳妆打扮。宋柳永《定风波》词:"暖酥消,腻云亸,终日厌厌倦梳裹。"
❸ 元碧:即"玄碧",清淡澄澈之酒水。
❹ 玉楼:传说中天帝或仙人的居所。《十洲记·昆仑》:"天墉城,面方千里,城上安金台五所,玉楼十二所。"
❺ 金丹还返:即"还丹",道家合九转丹与朱砂再次提炼而成的仙丹。自称服后可以即刻成仙。晋葛洪《抱朴子·金丹》:"若取九转之丹,内神鼎中,夏至之后,爆之鼎,热,内朱儿一斤于盖下,伏伺之。候日精照之,须臾,翕然俱起,煌煌辉辉,神光五色,即化为还丹。取而服之一刀圭,即白日升天。"
❻ 戊申:道光二十八年(1848)。

干萤冷贴屏风死,秋逼兰釭落花紫❶。满床风雨不成眠,有人剪烛中宵起。风雨秋凉玉簟知,镜台钗股最相思。伤心独忆闺中妇,应是残灯拥髻时。鬓影飘萧同卧病,中间两接红魴信❷。病热曾云甘蔗良,心忪或藉浮瓜镇❸。夜半传闻还织素,锦诗渐满回文数。可怜玉臂岂禁寒,连波只悔从前错。从前听雨芙蓉室,同衾忆汝初来日。才见何郎卺合双❹,便疑司马心非一❺。鸿

※ 注释 ※

❶ 兰釭(gāng):亦作"兰缸"。燃兰膏的灯。亦用以指精致的灯具。南朝齐王融《咏幔》:"但愿置尊酒,兰釭当夜明。"

❷ 红魴信:此处喻指书信传递之艰辛。魴,赤尾鱼。《诗·周南·汝坟》:"魴鱼赪尾。"疏曰:"魴鱼尾本不赤,赤故为劳也。"

❸ 浮瓜:三国魏曹丕《与朝歌令吴质书》:"浮甘瓜于清泉,沉朱李于寒水。"谓天热把瓜果用冷水浸后食用。后以"沉李浮瓜"借指消夏乐事。亦用以泛指消夏果品。

❹ 何郎:三国魏驸马何晏仪容俊美,平日喜修饰,粉白不去手,行步顾影,人称"傅粉何郎"。后以"何郎"称喜欢修饰或面目姣好的青年男子。卺(jǐn):古代结婚时用作酒器的一种瓢。在婚仪上,把一个匏瓜剖成两个瓢,新郎新娘各拿一个饮酒,称为合卺。

❺ 司马:此处指司马昭。

庞牛衣感最深❶,春衣典后况无金。六年费汝金钗力,买得萧郎薄幸心❷。薄幸明知难自避,脱舆未免参人议❸。或有珠期浦口还❹,何曾剑忍微时弃。端赖鸳鸯壶内语❺,疏狂尚为鲰生恕❻。无端乞我卖薪钱,明朝便决归宁去。去日青荷初卷叶,罗衣曾记箱中叠。一年容易到秋风,渡江又阻归来楫。我似齐

※ 注释 ※

❶ 鸿庞(wǔ)牛衣:典出《汉书·王章传》。汉代王章在出仕前家里很穷,没有被子盖,生大病也只得卧牛衣中,他自料必死,哭泣着与妻子诀别。妻子怒斥之,谓京师那些尊贵的人谁能比得上你呢,"今疾病困厄,不自激卬,乃反涕泣,何鄙也。"鸿庞,指大房子。牛衣,供牛御寒用的披盖物,如蓑衣之类,后用以借指贫寒之士。

❷ 萧郎:唐崔郊之姑有一婢女,后卖给连帅,郊十分思慕她,因赠之以诗曰:"公子王孙逐后尘,绿珠垂泪滴罗巾。侯门一入深如海,从此萧郎是路人。"见旧题宋尤袤《全唐诗话·崔郊》。后因以"萧郎"指美好的男子或女子爱恋的男子。

❸ 脱舆:即舆脱辐,指车子脱落了车轮上的辐条。

❹ "或有"句:事见《后汉书·循吏传·孟尝》。东汉时,孟尝任合浦太守,其地盛产蚌珠,由于前任贪索不已,致使蚌珠移徙,人民困苦不堪。孟尝到官,改革前弊,为政清廉,结果去珠复还,百姓安居乐业。

❺ "端赖"句:见唐裴铏《传奇·元柳二公》。(二公)谓使者曰:"夫人诗云:'若到人间扣玉壶,鸳鸯自解分明语。'何谓也?"曰:"子归,有事,但扣玉壶,当有鸳鸯应之,事无不从矣。"

❻ 鲰(zōu)生:愚陋浅见之人。

纨易弃捐❶,怀中冷暖仗人怜。名争蜗角难言胜❷,命比蚕繻岂久坚❸。莫为机丝曾有故,蛾眉何力能持护?门前但看合欢花,也须各有归根树。树犹如此我何堪,近信无由绮阁探。拥到兰衾应忆我,半窗残梦雨声参。雨声入夜生惆怅,两家红烛昏罗帐。一例悲欢各自听,楚魂来去芭蕉上❹。芭蕉叶大近窗楹,枕上秋天不肯明。明日谢家堂下过,入门预想绣鞋声。

此稿遗佚十年,枕上忽忆及之,命笔重书,恍惚如梦。

晚来闻络纬声❺,觉胸中大有秋气。忽忆宋玉悲秋《九辩》,击枕而读。秋芙更衣阁中,良久不出,闻唤始来,眉间有愁色。余问其故,秋芙曰:"悲莫悲兮生别

※ 注释 ※

❶ "我似"二句:语见西汉班婕妤《怨歌行》。
❷ 名争蜗角:指为了微不足道的虚名而争斗。典出《庄子·则阳》。
❸ 蚕繻(xū):以蚕丝织成的质地坚韧的布帛。
❹ 楚魂:鸟名。传说为楚怀王灵魂所化。唐来鹄《寒食山馆书情》诗:"蜀魄啼来春寂寞,楚魂吟后月朦胧。"
❺ 络纬:虫名。即莎鸡,俗称络丝娘、纺织娘。夏秋夜间振羽作声,声如纺线,故名。

离,何可使我闻之?"余慰之曰:"因缘离合,不可定论。余与子久皈觉王❶,誓无他趣。他日九莲台上❷,当不更结离恨缘❸,何作此无益之悲也?昔锻金师以一念之誓❹,结婚姻九十馀劫,况余与子乎?"秋芙唯唯,然颊上粉痕,已为泪花污湿矣。余亦不复卒读。

秋芙藏有书尺❺,为吴黟山所贻。尺长尺馀,阔二寸许。相传乾隆壬子❻,泰山汉柏,出火自焚,钱塘高迈庵拾其烬馀❼,以为书尺,刻铭于上。铭云:"汉已往,柏有神。

※ 注释 ※

❶ 觉王:佛的别称。《旧唐书·高祖纪》:"自觉王迁谢,像法流行,末代陵迟,渐以亏滥。"
❷ 九莲台:佛教净土宗认为,修行完满者死后可往西方极乐世界,身坐莲花台座,因各人生前修行深浅不同,而所坐莲台有九等之别。
❸ 离恨:此处当指"离恨天"。佛经谓须弥山正中有一天,四方各有八天,共三十三天。三十三天中,最高者是离恨天。后比喻男女生离,抱恨终身的境地。
❹ 锻金师:此处指佛教里的一祖摩诃迦叶尊者,他曾做过锻金师,善明金性。
❺ 书尺:文具名。即书镇,压书、纸的文具。
❻ 乾隆壬子:即乾隆五十七年(1792)。
❼ 高迈庵:清代画家。字靳玉,浙江杭州人。长于山水,亦工花卉,华润富有古趣。

坚多节,含古春。劫灰未烬兮,芸编是亲❶。然藜比照兮❷,焦桐共珍❸。"

开户见月,霜天悄然,因忆去年今夕,与秋芙探梅巢居阁下,斜月暧空❹,远水渺瀰,上下千里,一碧无际,相与登补梅亭❺,瀹茗夜谈,意兴弥逸。秋芙方戴梅花鬓翘,虬枝在檐,遽为攫去,余为摘枝上花补之。今亭且倾圮❻,花木荒落,惟姮娥有情❼,尚往来孤山林麓间耳。

秋芙好棋,而不甚精,每夕必强余手谈❽,或至达旦。

※ 注释 ※

❶ 芸编:指书籍。因芸草置书页内可以辟蠹,故称。
❷ 然藜:然,"燃"的古字。晋王嘉《拾遗记·后汉》:"刘向于成帝之末,校书天禄阁,专精覃思。夜,有老人着黄衣,植青藜杖,登阁而进,见向暗中独坐诵书。老父乃吹杖端,烟然,因以见向,说开辟已前。向因受《洪范五行》之文,恐辞说繁广忘之,乃裂裳及绅,以记其言。"后因以"燃藜"指夜读或勤学。
❸ 焦桐:指东汉蔡邕用烧焦的桐木造琴的事。此句是讲书尺虽是以残柏所制,但亦足珍贵。
❹ 暧(ài):昏暗,朦胧。
❺ 补梅亭:位于杭州西湖孤山。
❻ 倾圮(pǐ):倒塌毁坏。
❼ 姮(héng)娥:原指嫦娥,此处代指月亮。
❽ 手谈:下围棋。南朝宋刘义庆《世说新语·巧艺》:"王中郎以围棋是坐隐,支公以围棋为手谈。"

余戏举竹垞词云❶:"簸钱斗草已都输,问持底今宵偿我?"秋芙故饰词云:"君以我不能胜耶？请以所佩玉虎为赌。"下数十子,棋局渐输,秋芙纵膝上猧儿搅乱棋势❷。余笑云:"子以玉奴自况欤❸?"秋芙嘿然❹,而银烛荧荧,已照见桃花上颊矣❺。自此更不复棋。

去年燕来较迟,帘外桃花,已零落殆半。夜深巢泥忽倾,堕雏于地。秋芙惧为猧儿所攫,急收取之,且为钉竹片于梁,以承其巢。今年燕子复来,故巢犹在,绕屋呢喃❻,殆犹忆去年护雏人耶？

同里沈湘涛夫人与秋芙友善❼,曾以所著诗词属为删

※ 注释 ※

❶ 竹垞(chá):清代词人、学者朱彝尊别号。因家有竹垞,故称。
❷ 猧(wō)儿:又称"猧子",即小狗。唐段成式《酉阳杂俎·忠志》:"上夏日尝与亲王棋,令贺怀智独弹琵琶,贵妃立于局前观之。上数枰子将输,贵妃放康国猧子于坐侧。猧子乃上局,局子乱,上大悦。"
❸ 玉奴:指唐玄宗妃杨玉环。唐郑嵎《津阳门》诗:"玉奴琵琶龙香拨,倚歌促酒声娇悲。"自注:"玉奴乃太真小字。"
❹ 嘿(mò)然:沉默无言之貌。
❺ 桃花上颊:喻女子脸色粉红。
❻ 呢喃:燕鸣声。五代刘兼《春燕》诗:"多时窗外语呢喃,只要佳人捲绣帘。"
❼ 同里:此处指同乡。《逸周书·大武》:"四戚:一内姓,二外婚,三友朋,四同里。"

校。中有句云:"却喜近来归佛后,清才渐觉不如前❶。"因忆前见朱莲卿诗,有"却喜今年身稍健,相逢常得笑颜生"之句,两"喜"字用法不同,各极沉痛。莲卿近得消渴疾❷,两月未起,霜风在林,未知寒衣曾检点否?

斜月到窗,忽作无数个"人"字,知堂下修篁解箨矣❸。忆居槐眉庄,庄前种竹数弓❹。笋泥初出,秋芙命秀娟携鸦嘴锄,劚数筐❺,煮以盐菜,香味甘美,初不让廷秀煮笋经也❻。秀娟嫁数年,如林中绿衣人❼,得

※ 注释 ※

❶ 清才:高超之才能。明叶宪祖《鸾镜记·闺咏》:"只有东邻鱼家惠兰义妹,清才掇露,藻思霞蒸,每有所作,不在奴家之下。"
❷ 消渴:中医学病名。口渴,善饥,尿多,消瘦。包括糖尿病、尿崩症等。
❸ 修篁:指修长的竹子。解箨(tuò):谓竹笋脱壳。南朝宋鲍照《咏采桑》:"早蒲时结阴,晚篁初解箨。"
❹ 弓:丈量土地的计量单位,一弓为五尺、三百六十弓为一里。
❺ 劚(zhú):挖。
❻ 廷秀:宋诗人杨万里之字。煮笋经:杨万里作有《记张定叟煮笋经》《晨炊杜迁市煮笋》等诗,记有煮笋之法。
❼ 绿衣人:绿衣指非正色的下等服色,这里为婢妾的代称。

锦绷儿矣❶。惟余老守谷中,鬓颜非故,此君有知,得无笑人?

　　虎跑泉上有木樨数株❷,偃伏石上,花时黄雪满阶,如游天香国中❸,足怡鼻观❹。余负花癖,与秋芙常煮茗其下。秋芙拗花簪鬓,额上发为树枝捎乱,余为蘸泉水掠之。临去折花数枝,插车背上,携入城闉❺,欲人知新秋消息也。近闻寺僧添植数本,金粟世界❻,定更为如来增色矣。秋风匪遥❼,早晚应有花信❽,花神有灵,亦忆去年看花人否?

　　宾梅宿予草堂,漏三下,闻邻人失火,急率仆从救之。及门,已扑灭矣。惟闻空中语云:"今日非有力人

※ 注释 ※

❶ 锦绷儿:比喻竹笋。宋杨万里《看笋六言》:"只爱锦绷满地,暗林忽两三茎。"

❷ 木樨(xī):即木犀。通称桂花。常绿灌木或小乔木,叶椭圆形,花簇生于叶腋,黄色或黄白色,有极浓郁的香味。可制作香料。

❸ 天香国:佛国。此处天香指祭神、礼佛的香。

❹ 鼻观:以鼻嗅之,以鼻闻之。

❺ 城闉(yīn):城内重门。亦泛指城郭。

❻ 金粟:桂花的别名。因其色黄如金,花小如粟,故称。

❼ 匪:假借为"非",不。

❽ 花信:开花的消息。

居此❶,此境几为焦土。"言顷,有二道人与一比丘自天而下❷。道人戴藕华冠,衣蟠龙蠖螭之袍。其一玉貌长髯,所衣所冠皆黄金色。比丘踵道人之后❸,若木若讷❹。藕冠者曰:"吾名证若,居青城赤水之间,访蒋居士至此。"与长须道人拂尘而歌❺,歌长数千言,未暇悉记。惟记其末句云:"只回来巧递了云英密信,那裴航痴了心❻,何时得醒?若不早回头,累我飞升。醒,醒,醒,明日阴晴难信。"歌竟而逝。趋视之,则星月在户,残灯不明,惟闻落叶数声,蘧然一梦觉也❼。既旦,告予,予曰:"余家断杀数十

※ 注释 ※

❶ 有力人:这里指有修行之功的人。
❷ 比丘:亦作"比邱"。佛教语。梵语的译音。意译"乞士",以上从诸佛乞法,下就俗人乞食得名,为佛教出家"五众"之一。指已受具足戒的男性,俗称和尚。
❸ 踵:紧跟。
❹ 若木若讷:看起来质朴而不善言辞。
❺ 拂尘而歌:手摇拂尘唱着歌。拂尘,古代用以掸拭尘埃和驱赶蚊蝇的器具。
❻ "只回"两句:云英,唐代神话故事中的仙女。裴航,传说为唐长庆年间的秀才。传说裴航过蓝桥驿,以玉杵臼为聘礼,娶云英为妻。后夫妇俱入玉峰成仙。事见唐裴铏《传奇·裴航》。
❼ 觉:睡醒,醒来。

年,而修鸿宝之道六七载❶,至今黄蚓飞腾❷,犹少返还之诀❸。岂仙师垂悯凡愚,现身说法欤?歌中曰'云英',云英者,岂以余闺房之缘,未解缠缚,而讽咏示警欤?时予与秋芙修陀罗尼忏数月矣❹,所谓比丘者,岂观音化身,寻声自西竺来欤❺?

秋芙病,居母家六十馀日。臧获陪侍,多至疲惫。其昼夜不辍者,仅余与妻妹侣琼耳。余或告归,侣琼以身代予,事必手亲,故药炉病榻之间,予得赖以息肩❻。侣琼固情笃友于❼,然当此患难之时,而茶苦能甘❽,亦不自觉何

※ 注释 ※

❶ 鸿宝之道:指道教的修仙炼丹活动。
❷ 黄蚓(yǐn):黄龙地蚓之省语。蚓,同"蚓"。《字汇补》:"神蚓也,大五六围,长十馀丈。"《史记·封禅书》:"黄帝得土德,黄龙地蚓见。"
❸ 返还:道教中气功修炼的一种方法,即炼神化虚之方法。
❹ 陀罗尼忏:即《千手千眼大悲心陀罗尼忏法》,由宋四明尊者知礼大师根据唐伽梵达摩所译《千手经》编成,简称"大悲忏"。
❺ 西竺:天竺。我国古代对佛教发源地印度的称呼。
❻ 息肩:让肩头得到休息。比喻卸除责任或免除劳役。《左传·襄公二年》:"郑成公卒,子驷请息肩于晋。"
❼ 情笃友于:感情比兄弟间还深厚。《书·君陈》:"惟孝友于兄弟。"后以"友于"为兄弟友爱之义。
❽ 茶苦能甘:把吃苦当作享受。茶,一种苦菜。

以至是也。秋芙生负情癖,病中尤为缠缚,余归,必趣人召余,比至,仍无一语。侣琼问之,秋芙曰:"余命如悬丝,自分难续❶,仓猝恐无以与诀❷,彼来,余可撒手行耳。"余闻是言,始觉腹痛,继思秋芙念佛二十年,誓赴金台之迎❸,观此一念,恐异日轮堕人天❹,秋芙犹未能免。手中梧桐花❺,放下正自不易耳。

秋夜正长,与妻妹珮琪围棋,三战三北,自念平生此技未肯让人,珮琪年未及笄❻,所造如此,殆天授耶?珮琪性静默,有林下风❼,字与诗篇,靡不精晓,自言前身自上

※ 注释 ※

❶ 自分:自己认为。

❷ 诀:诀别,辞别,多指不再相见的分别。这里指死别。

❸ 金台:神话传说中神仙居处。《海内十洲记·昆仑》:"其一角有积金为天墉城,而方千里,城上安金台五所,玉楼十二所。"

❹ 人天:佛教语。六道轮回中的人道和天道。亦泛指诸世间、众生。

❺ 梧桐花:语见明朝瞿汝稷所辑《指月录》。世尊因黑氏梵志献合欢梧桐花。佛召仙人:"放下着。"梵志遂放下左手一株花。佛又召仙人:"放下着。"梵志又放下右手一株花。佛又召仙人:"放下着。"梵志曰:"吾今两手俱空,更教放下个甚么?"佛曰:"吾非教汝放舍其花,汝当放舍外六尘、内六根、中六识。一时舍却,无可舍处,是汝放身命处。"梵志于言下悟无生忍。

❻ 及笄(jī):指女子年满十五。《礼记·内则》:"(女子)十有五年而笄。"笄,发簪。

❼ 林下风:称颂妇女闲雅飘逸的风采。南朝宋刘义庆《世说新语·贤媛》:"王夫人神情散朗,故有林下风气。"

清宫来❶。观其神寒骨清,洵非世间烟火人也❷。今不与对局数年矣,布算之神,应更倍昔。他日谢家堂上❸,当效楚子反整师复战❹,期雪鄢陵城下之耻❺。

踏月夜归,秋芙方灯下呼卢❻。座中有人一掷得六幺色❼,余戏为《卜算子》词云:"妆阁夜呼卢,钗影阑干背❽。六个骰儿六个窝,到底都成对。　　借问阿谁赢,

注释

❶ 上清宫:仙宫。道家称神仙居处为"上清"。

❷ 洵:诚然,确实。

❸ 谢家:此处代指高门世族之家。

❹ 子反:春秋时楚国大将,即公子侧,楚共王时因酒醉误军自杀谢罪。

❺ 城下之耻:指楚国子反为宋国华元劫持后退军盟和事。

❻ 呼卢:泛指赌博,此处代指玩骰子。古时博戏,用木制骰子五枚,每枚两面,一面涂黑,画牛犊;一面涂白,画雉,一掷五子皆黑者为卢,为最胜采;五子四黑一白者为雉,是次胜采。赌博时为求胜采,往往且掷且喝,故称赌博为"呼卢喝雉"。

❼ 六幺色(shǎi):指一次性掷出六只骰,每只骰都是一点。幺,指数目或位序最小的。色,即骰子。赌具,小立方体,一般用骨头制成,六面分刻一、二、三、四、五、六点。

❽ 阑干:纵横散乱貌;交错杂乱貌。三国魏曹植《妾薄命》诗之二:"腾觚飞爵阑干,同量等色齐颜。"

莫是青溪妹❶？赚得回头一顾无，试报说金钗坠。"秋芙见而笑曰："如此绮语，不虑方平鞭背耶❷？"

近作小词，有句云："不是绣衾孤，新来梦也无。"又《买陂塘》后半云："中门掩❸，更念荀郎忧困❹，玉瓯莲子

※ 注释 ※

❶ 青溪妹：《乐府诗集》卷四十七《青溪小姑曲》解题云：吴均《续齐谐记》曰："会稽赵文韶，宋元嘉中为东扶侍，廨在青溪中桥。秋夜步月，怅然思归，乃倚门唱《乌飞曲》。忽有青衣，年可十五六许，诣门曰：'女郎闻歌声，有悦人者，逐月游戏，故遣相问。'文韶都不之疑，遂邀暂过。须臾，女郎至，年可十八九许，容色绝妙。谓文韶曰：'闻君善歌，能为作一曲否？'文韶即为歌'草生盘石下'，声甚清美。女郎顾青衣，取箜篌鼓之，泠泠似楚曲。又令侍婢歌《繁霜》，自脱金簪，扣箜篌和之。婢乃歌曰：'歌繁霜，繁霜侵晓幕。何意空相守，坐待繁霜落。'留连宴寝，将旦别去，以金簪遗文韶。文韶亦赠以银碗及琉璃匕。明日，于青溪庙中得之，乃知所见青溪神女也。"按干宝《搜神记》曰："广陵蒋子文，尝为秣陵尉，因击贼，伤而死。吴孙权时封中都侯，立庙钟山。"《异苑》曰："青溪小姑，蒋侯第三妹也。"

❷ 方平鞭背：晋葛洪《神仙传》载，蔡经见麻姑手爪似鸟爪，心中想可以之搔背之痒。神仙王方平立刻觉察蔡经所想，"即使人牵经鞭之。曰：'麻姑，神人也。汝何忽谓其爪可以爬背耶？'见鞭着经背，亦不见有人持鞭者。方平告经曰：'吾鞭不可妄得也。'"方平，传说中汉桓帝时神仙王远的字。

❸ 中门：此处指内、外室之间的门。唐孟郊《征妇怨》诗之二："渔阳万里远，近于中门限；中门逾有时，渔阳常在眼。"

❹ 荀郎：荀粲，字奉倩，晋荀彧之子。此处借指专情男子。南朝宋刘义庆《世说新语·惑溺》："荀奉倩与妇至笃，冬月妇病热，乃出中庭自取冷，还以身熨之。"刘孝标注引《荀粲别传》："妇病亡，未殡，傅嘏往喭粲。粲不哭而神伤……曰：'佳人难再得，顾逝者不能有倾城之异，然未可易遇也。'痛悼不能已已，岁馀亦亡。"

一五一

亲进[1]。无端别了秦楼去[2],食性何人猜准[3]。闲抚鬓,看半载相思,又及三春尽。前期未稳。怕再到兰房[4],剪灯私语,做梦也无分。"时宾梅以纨扇属书,因戏录之。宾梅见而笑曰:"做梦何以无分?"秋芙笑云:"想'新来梦也无'耳。"相与绝倒。

甲辰秋,同人招游月湖。夜深为风露所欺。明日复集吴山笙鹤楼,中酒禁寒[5]。归而病热几殆,赖乩示方药,始获再生。越一年,为丙午岁[6],疽发背间[7],旋复病疟[8]。方届秋试[9],扶病登车,未及试院,而魂三逝矣。仆

※ 注释 ※

[1] 玉瓯莲子:以玉碗盛莲子羹。

[2] 秦楼:指妓院。明朱有燉《香囊怨》第三折:"秦楼中阑珊了翠袖红裙。章台上空闲了玉斝金樽。"

[3] 食性:对食物的好恶习性。唐王建《新嫁娘词》之三:"三日入厨下,洗手作羹汤。未谙姑食性,先遣小姑尝。"这里以"食性"代指心里的滋味。

[4] 兰房:犹香闺。旧时妇女所居之室。

[5] 中(zhòng)酒:醉酒。前蜀韦庄《晏起》诗:"迩来中酒起常迟,卧看南山改旧诗。"

[6] 丙午:道光二十六年(1846)。

[7] 疽:皮肉深处的毒疮。

[8] 疟(nüè):先寒后热之病。

[9] 秋试:指科举时代地方为选拔举人所进行的考试。因于秋季举行,故称。

从舁归❶,匝月始安❷。己酉之夏,复病痎痢❸,俯枕三月,痛甚剥肤。六年之间,三堕病劫,秋芙每侍余疾,衣不解带,柔脆之质,岂禁劳瘁,故余三病,而秋芙亦三病也。余生有懒疾,自己酉奉讳以来❹,火死灰寒,无复出山之想。惟念亲亡未葬,弟长未婚,为生平未了事。然先人生圹久营❺,所需卜吉❻。增弟年二十矣❼,负郭数顷田❽,足可耕食。数年而后,当与秋芙结庐华坞河渚间❾,夕梵

※ 注 释 ※

❶ 舁(yú):抬。
❷ 匝:满,指满一个周期。
❸ 痢:湿热积滞、暑毒虚滑所致之病。
❹ 奉讳:指居丧。《礼记·曲礼上》:"卒哭乃讳。"陈澔集说:"凡卒哭之前,犹用事生之礼,故卒哭乃讳其名。"盖父母没,孝子不忍言亲之名,故讳之。后人因称居丧为"奉讳"。
❺ 生圹(kuàng):生前预造的坟墓。
❻ 卜(bǔ)吉:此处指通过占卜选择吉利的日子(下葬)。
❼ 增:蒋坦弟弟的名字。
❽ 负郭:指近郊良田。《史记·苏秦列传》:"苏秦喟然叹曰:'此一人之身,富贵则亲戚畏惧之,贫贱则轻易之,况众人乎!且使我有洛阳负郭田二顷,吾岂能佩六国相印乎!'"司马贞索隐:"负者,背也,枕也。近城之地,沃润流泽,最为膏腴,故曰'负郭'也。"后因以"负郭田"为典。亦泛指田。
❾ 结庐:构筑房舍。晋陶潜《饮酒》诗之五:"结庐在人境,而无车马喧。"

晨钟❶,忏除慧业❷。花开之日❸,当并见弥陀❹,听无生之法❺。即或再堕人天,亦愿世世永为夫妇。明日为如来涅槃日❻,当持此誓,证明佛前。

※ 注释 ※

❶ 夕梵晨钟:也称"晨钟夕梵",早敲钟,晚念经,指佛教徒的例行功课。

❷ 慧业:佛教语。指智慧的业缘。《维摩经·菩萨品》:"知一切法,不取不舍,入一相门,起于慧业。"

❸ 花开之日:佛教净土宗有念佛法门的修行方法,主旨是通过念佛得以往生阿弥陀佛的极乐世界。若修行者发愿要到极乐世界,极乐世界的莲池里就会生出一朵莲花。到了寿尽之时,阿弥陀佛会拿着这支莲花来接引此人。此时花还没有开。到了此人处,阿弥陀佛从眉心的白毫处放出光明,将此人神识摄入莲花中。回到极乐世界放入莲池中,花开后往生者就会见到阿弥陀佛。

❹ 弥陀:亦作"弥陁"。阿弥陀佛的省称。意译为无量寿佛,西方极乐世界的教化之主。与释迦、药师并称三尊。

❺ 无生之法:佛教语。即"无生法",谓真如之理、涅槃之体能离开生灭。

❻ 涅槃:佛教语。梵语的音译,旧译"泥亘""泥洹"。意译"灭""灭度""寂灭""圆寂"等。常常作为死亡的美称。